夜の寝覚論

〈奉仕〉する源氏物語

宮下雅恵

青簡舎

目次

序章

一　現存原作本『夜の寝覚』の特質

『夜の寝覚』[1]は、一言で言って「煮え切らない話」である。一族の意志・〈家〉の意志、〈血脈〉の問題、〈ゆかり〉・〈形代〉、繰り返される〈二人妻〉のモチーフ、姉妹の葛藤、帝の執心、親子の情愛など、どれも男女主人公の「心尽くし」をよく引き出しているが、反面どれをとっても個々のモチーフ自体は物語的には十分に展開されてはいないように思う。この物語で「煮詰められている」のは――よく言われることではあるが――やはり心理描写くらいなのだろうか。もっともそのように見えるのは、この物語が中間と末尾に大きな欠落をもつがゆえに、どこまで話が煮詰められていったのか不明であるためだということは言えるかもしれない。

しかし裏を返せば、如何様にも展開しうる可能性を秘めた個々のモチーフ――先取りして言えば、男主人公を中心とした読み＝「政治的読み」の「可能性」もこの中に含まれよう――がありながら、それらの問題をはっきりと前景化してはいない、この物語の関心のあり方をこそ見てとるべきなのだろう。

このような原作本の「煮え切らない」あり方に比して、中世に成立した改作本である『夜寝覚物語』では例えば、右大臣の女御と故左大臣の長女・督の君との「出産合戦」で、春宮たる男子を産んだ督の君を「勝者」とし、片や右大臣女御の姫宮を斎宮にして「競争」から排除しているように、〈家〉や〈血脈〉の対立の問題をはっきりと前面に押し出している。一方原作本の当該箇所にはそのような〈家〉や〈血脈〉の対立は前面では語られていないことに留意するべきである。

では原作本の関心とは何かと言えば、それはすなわち物語の起筆部分、

人の世のさまざまなるを見聞きつもるに、なほ寝覚めの御仲らひばかり、浅からぬ契りながら、よに心づくしなる例は、ありがたくもありけるかな。（一五）

ここに開巻早々示された「よに心尽くしなる」「寝覚めの御仲らひ」の具現化・時間化である（「物語」とは各モチーフにリニアな「時間」を与え、ディテールを積みかねていくものであろう）わけだから、それぞれのモチーフが皆そこへ向けて収斂するのもやむをえまい。現存原作本終盤において男主人公と女主人公はついに同居を始め世間公認の仲となる。しかしふたりが結びつけられたあともなお「心尽くしなる例」であり続けるためには、改作本のように女一宮が斎院となり男主人公から遠ざけられ、帝も寝覚の上に執心せず、ついに末尾に至っては

かくて殿、上、栄え楽しみ給ふさま、昔も例少なくぞありける。（三七七）

というハッピーエンドの状態、――しかも「昔だってこのようなすばらしい例は少なかったものだ」と、原作本の「心尽くしなる」「御仲らひ」のような「例」の少なさを完全に逆手にとる形とされているのだが――これでは話が続

かないわけで、原作本の論理から言えば、男主人公も女主人公もなお悩み続けなくてはならないはずだ。男主人公が寝覚の上の出家を警戒し、彼女への帝の執心を厭うのも、そのせいで彼女に「常識」をつきつける男主人公によって女主人公が悩まされるというのも、全ては物語起筆で示された設定のためであることは間違いない。

　男主人公との昔からの関係が父親や周囲の人々の知るところとなった後、いつまでも気恥ずかしさが抜けず、すっきりとも起きあがらない女主人公は「なほ若の御心や」（四七八）と父入道に嘆息され、男主人公には「今めかしく、艶に結ぼほれ……見苦し」（四八四）と非難される。あげく「すこしはをこなる」（四九九）とまで言われてしまうのだ。この上なく理想的だとされていながら、こうまで非難されおとしめられる「キャラ設定」の〈女主人公〉というのも、めずらしいのではあるまいか。

　このような女主人公が男主人公の嫉妬について「いかでか、人の御心かくしもあらむ」（五四五）と心の中で非難し嘆息するのも、彼女が背負う「苦悩」の実現のひとつではあろうが、結果的にそれが互いを矮小化させるという、なんともアイロニカルな構図となっているといえよう。作中人物の言葉によって女主人公をおとしめ、その女主人公当人により男主人公をもおとしめる『夜の寝覚』は、徹底的に矮小化された〈地上の人々の物語〉を描ききってみせたのである。この意味で『寝覚』は『竹取物語』の正しき裔——女主人公がこの世でただひとり天上界に通じる資質を受け継ぐという意味で——でありながら『竹取』的世界から離れた〈地上の人々のあがき〉を徹底的に描くという「脱却」をも見せているのだといえる。

　では『源氏物語』からの「脱却」という観点から見るとどうだろうか。

『源氏物語』を読む際にはいささか乱暴だが大きく分けて「女読み」と「男読み」のふたつの立場があろう。前者は女性を中心とした「〈女〉の生きる道」とでもいうべき世界の物語であり、後者は「〈男〉の論理から見た政治闘争・〈家〉の存続」ともいうべき世界の物語である。

『源氏』はこの両面を巧みに描いてみせたが、『寝覚』の場合は『源氏』を、光源氏をはじめとする〈男〉の世界の物語とは読まずに、〈女〉を中心人物に据え、いわば横井孝氏の言う〈女の物語〉[2]として「誤読」し誕生した物語だといえる。女性が中心人物となる物語の流れの始まりである。ただしここでいう「誤読」とは、あるテクストを契機として文学史的に次の新たな作品なりジャンルなりが生み出されてくる「力」であり、言うなれば「こんな〈読み〉もできるのではないか？」という提案＝〈読者〉による「批評」[3]を指している。

もっとも足立繭子氏が一連の論文[4]で論じていたように、『夜の寝覚』と「継子もの」との関わりも見過ごしがたいが、おそらくは女性教育のためのものとしての側面を色濃くもち、相手の男性による報復などへの興味が強かったと考えられる「継子もの」との関わりよりも、『夜の寝覚』以降に現れた物語との関わりの方が強く、また擬古物語／中世王朝物語への階梯という点でも『夜の寝覚』は以後の物語にかなりの影響を及ぼしたと考えられるが、この点については第八章・第九章で述べる。〈男主人公〉から〈女主人公〉への大きな転換、これが『夜の寝覚』という作品が示した『源氏物語』の「誤読」あるいは「脱却」の「意思表示」のひとつとみてよいと思われる、というのが稿者の基本的な立場である。

事実、寝覚の中の君＝寝覚の上という女主人公はかぐや姫の裔であり、また浮舟との重ね合わせでもある[5]。さらに言えば寝覚の男主人公は光源氏との重ね合わせでもあり、また同時に光源氏からの「脱却」をも示す存在でもある。この点については第七章・第八章で詳述する。

繰り返しになるが、「誤読」とは、あるテクストを契機として文学史的に次の新たな作品なりジャンルなりが生み出されてくる「力」を指していると述べた。

では古典作品の「読み」に「正解」はあるのだろうか。テクスト論では「正解」である「読み」はない、とする尖鋭派も多いが（というよりもむしろそちらがテクスト論の本流なのかもしれないが）、ここでは「正解」とは「多数の〈読者〉による、最大公約数的な〈読み〉」を指すこととしたい。間違えてはいけないのは、ここで述べた「誤読」が新たな作品あるいはジャンルを生み出す力であるのに対して、単なる——古典読解にとっては致命的ではあるが——「（語句レベルでの）読み間違い」とは区別する必要があるということである。そして残念ながら後者の意味での「読み間違い」あるいは本文が壊れている場合や単なるミスにあたるものがいかに多いかは、後藤康文氏『伊勢物語誤写誤読考』（二〇〇〇年、笠間書院）が明らかにしているとおりであろう。したがって本書で言う「誤読」とは単純な「読み間違い」とは異なるものであり、強いて言えばそれに対置する概念としての「正解」とは、いわば「〈読者〉による最大公約数的な〈読み〉」である——それを確かめるすべは常に、現存資料を介した〈今、ここ〉にしかない——ことをあらためて強調しておきたい。

二　『夜の寝覚』の過去と現在

さて、「ゼロ年代」に入ってから『夜の寝覚』研究は活況を呈している。中間と末尾に大きな欠巻部分を有するこの物語の新出資料とされる断簡などが少しずつ発見・紹介され、『寝覚物語欠巻部資料集成』（二〇〇二年、風間書房）として刊行されたのをはじめ、「国文学　解釈と鑑賞」（二〇〇三年二月）では「二十一世紀の古典文学　古代散文研究の軌跡と展望」なる特集が組まれた中で特に『夜の寝覚』単独での項目が設けられ、永井和子氏により研究史の概観と今後の展望が示された。[6] また『講座　平安文学論究』第十八輯（最終号、二〇〇四年、風間書房）は『寝覚』特集号で十三本の論文とともに中川照将氏による詳細な研究文献目録が収められた。その後も『寝覚』に関わる論文は多く提出されている。『寝覚』研究史上に名を残すであろう野口元大氏(7)・永井和子氏(8)の両書が一九九〇年に出版されて以来およそ二十年、『寝覚』研究は新たな段階に入るための準備が整ったといえるだろう。

昭和三十年代終わり頃から四十年代以降、「心理小説」「女の成長物語」というテーマを見出され、心理描写の巧みさや「主題」の掘り下げが高く評価されてきた『夜の寝覚』であるが、野口・永井両氏の前掲書や鈴木一雄氏の新全集注(9)以後の研究は、人物論・主題論を経た後、主として物語の「方法」を認めようとする方向に動いていたとおぼしい。藤岡作太郎氏『国文学全史　平安朝篇』（明治三十八年、東京開成館）以来すでにおよそ一〇〇年経つが、『源氏』の単なる「亜流」ではない、この物語独自の「方法」意識をそこに読みとろうとする試みが多く提出されてきた。

しかし近年、古典研究全般の細分化に懸念の声も上がる中で、『寝覚』研究も例外ではなく、物語内のそれぞれの事象が物語の「方法」としてどのように保証されていると言えるのか、ということにつながりにくくなっている。すなわち、『夜の寝覚』は果たしてどこまで物語的な「方法」に自覚的であるか、という問題が大きく横たわっているのである。

とはいえ、例えば『源氏』研究史についていえば、かつての構想論も今現在の「読み」の中で再評価されてもいるし、引用論もまた新たな「読み」に消化され再生されている。そのように、物語の「方法」論もまた、現在の研究における文脈の中で再度評価し直される道があるし、またそのようにあるべきではないだろうか。

井上眞弓氏は『狭衣物語の語りと引用(10)』において次のように述べている。

『伊勢物語』や『源氏物語』の引用に富み、かつ引歌が多用され、物語内和歌も充実している『狭衣物語』が、歌人から歌の習作のためにと読まれはしたものの、内容の解釈については切断を余儀なくされたとおぼしい。『源氏物語』をいかに読めるかというスタンスを持つ『狭衣物語』は、先程例に出した「狭衣学」（「和歌の詠作や物語が引く出典の考究を目途とする読みをもって、「狭衣学」と仮に名付けるとすれば」）を樹立するような作品ではもともとなかったということになろうか。つまり、根本的に『源氏物語』を楽しく解体する「女房読み《エンターテイメント》」の作品だったと思われる。

井上氏のこの叙述を『寝覚』に援用するなら、『源氏物語』の引用に富み、かつ引歌も『狭衣』ほどではないまでも多用されているが、物語内和歌は決して充実しているとは言えない『寝覚』は、場面ごとの興趣を味わうといった方向での享受が主になされ、改作本の和歌はほぼ全てが作り替えられており、しかもかなり早いうちに本文の大半が失われた状況にあり、「寝覚学」など思いもよらない作品であった、ということが言えるかと思う。『寝覚』もまた『源氏』を「いかに読めるかというスタンス」を持ち得ている——それがどこまで自覚的であるかはなお議論の余地があるかもしれないが——と思われるが、『寝覚』の場合は「『源氏物語』を楽しくも苦しく解体した」と言うべきか。前節で述べた「誤読」あるいは「脱却」とは、まさにこの点に関わっている。

しかしそもそも『夜の寝覚』はなぜ「古典」として残っているのか。ここで「古典」についてのジョシュア・モストウ氏の発言[11]を見てみよう。

> 「古典化《カノナイゼーション》」とは、持続的な過程であって、問題はある作品がいつの時点かで古典となったという事実ではなく、その理由なのである。ある特定の時代の節目に、どのような理由からある特定のテクストが特権的な価値を与え

られたのか。あるテクストが何を意味すると見なされたか、どう解釈されてきたのか、すなわち、どう再定義され再解釈されてきたのか、ということが問題なのである。「古典」となったテクストの意味は決して一定不変のものではない。それぞれの時代の要請にしたがって再構築されていくのである。したがって、『伊勢物語』のようなテクストをとりまく文学史上の問題点は、ある解釈が正しいか否かではない。むしろ、ある時代になぜそのような解釈がなされたかということなのである。

『伊勢物語』の場合は数系統の本文とおびただしい注釈書類があり、そのような状況での享受・解釈のありようをみるという点で、現存本はひとつの祖本から派生したと見られかつ注釈書類も少ない『寝覚』とは事情が異なるが、近代から現在に至る研究史にはまた同じようなことが言えるようである。[12]『夜の寝覚』が完本として存在していた当時は、他の「王朝物語」と同様、多くの享受資料が存在したようだ。『寝覚物語絵巻』、『夜寝覚抜書』、改作本『夜寝覚物語』、『物語後百番歌合』、『無名草子』などがそれである。これらの資料からうかがわれるのは、『源氏』引用を数多く含み和歌の技量には乏しかったが、それでも、和歌を中心とした場面ごとの興趣が見出されてきた『寝覚』の姿である。『寝覚物語絵巻』の作成も、当時の「古典」ブームの中での営為のひとつだったのであろう。

一方、現代における『寝覚』は、前にも述べたとおり「心理描写」の発見によって高く評価された側面が大きい。しかし『創造された古典』[13]を参照するならば、「心理描写」を見出し分析する論は『寝覚』の「古典」としての意義を見出そうとする試みとして見直される余地がある。『源氏』を基準指標としてきたこの物語が、「古典」を読む意義そのものがゆらいでいる現在の状況の中で、『源氏』とはまた別個の意義を見出し生きながらえようとするのは当然の流れであろう。さらに言えば、『源氏物語』研究はもっと、平安後期物語、本書に関して言えば『夜の寝覚』という物語に興味をもってしかるべきではないか。『源氏』の影響下に生まれてきた物語が『夜の寝覚』や『狭衣物語』であるから、『源氏物語』の方が「えらい」のだ、そのような意識が『源氏』研究史上ではいまだに露呈してはいないだろうか。ただしこれはトートロジーに陥る危険性があって、『寝覚』や『狭衣』は後代の物語――擬古物語／中世王朝物語――に大きな影響を及ぼした、だから『寝覚』『狭衣』は「えらい」、となる恐れがあるので、この点は十分に注意する必要があろう。

中間と末尾に大きな欠巻部分を持つ『寝覚』ははたして本当に「読める」テクストなのか。さらなる新資料の発見が待たれるが可能性はどれほどかすらわからない。首巻を欠く『浜松中納言物語』もそのひとつだが、一部が欠けた状態のテクストでさえも立派に「古典」として読まれ続けているという事態は、たしかに一面では『源氏』の影響が色濃いという事実によるものであって、「古典」尊重、ひいては『源氏』賞揚につながっていることに自覚的でなくてはならないだろう。しかしそれでも、そこに『夜の寝覚』というテクストがある限り、少なくとも私はそれを読みたいと思う。そしてその際、『源氏』があるから『寝覚』もある、と言う考えをいったん離れ、『寝覚』登場に〈奉仕〉する――あるいは『寝覚』の「読み」に〈奉仕〉する――ものとして、『源氏』を参照項として読んでみようと思う。本書のタイトルの由来はここにある。

『夜の寝覚』に関わるとされる近年の新出資料についていえば、その内容から末尾欠巻部の一部ではないかともいわれた断簡が紹介されたが、内容の吟味から『寝覚』の一部とは認めがたいとする議論もなされている。その中で田淵福子氏(14)は次のような見解を示している。

『夜の寝覚』の一部かとされる断簡のうち、原作現存部分や従来の復元資料と全く重複箇所を持たないものについては、このように中世王朝物語に『夜の寝覚』など多くの平安時代物語が大量に引用されている事実を踏まえて考えれば、それが本当に寝覚の一部と看倣して良いものなのかどうか、寝覚影響下にある別作品の断簡ではないのか、それらの内容について、なお慎重な検討を要するものと思われる。

『小夜衣』などの中世王朝物語における『寝覚』「引用」の可能性を論じた、この田淵氏論の発言に稿者も従いたい。このような分析が進められ、後代の『寝覚』享受のありようをより詳細に見ることができるような論が積み重ねられていくのが急務ではあるが、本書では中世王朝物語における『寝覚』引用そのものについては議論の対象とはしないことをお断りしておく。

三　本書の目的と方法

本書で主に扱うのは、現存原作本『夜の寝覚』である。

これまでの研究が女主人公中心主義的にテクストを読んできたために手薄になっていたとおぼしい、男主人公や帝についての論は、本来ならもっと多くてもよかったのではないか。また例えば、男主人公は従来言われているほど人間的な深みも思慮もない人物として語られているのだろうか。あるいはまた女主人公について、見逃していたところはもうないのだろうか。本書はこれらの疑問点について、いわば「『夜の寝覚』の読みに〈奉仕〉するもの」としての『竹取物語』や『源氏物語』を参照項としつつ、『夜の寝覚』を読み解いていくものである。すなわち、「源氏至上主義」に対置する概念として「以後の物語の登場に〈奉仕〉する源氏」あるいはさらに言うならば「以後の物語の登場に〈奉仕〉するものとしての寝覚」といった観点から、『夜の寝覚』というテクストを読み解いていきたいと考える。

具体的に各章に即して概観しておこう。まず物語内容全体を象徴的に規定するものとしてのいわゆる「天人予言」の再検討を行い、この物語の冒頭がはらむ内容の射程を明らかにする（第一章）。次いで先行テクストとしての『源氏物語』と、『夜の寝覚』とを「をこがまし」という語から解きほぐし、『源氏』の主要な男性登場人物と、『夜の寝覚』の帝について考察する（第二・三章）。また、「ゆかり・形代」の概念から『源氏』を見、そこを始点に『夜の寝覚』を読むとどのような「風景」が見えるかを考察する（第四章）。あるいはまた、「病」「孕み」の概念から『源氏』を見、そこから『夜の寝覚』を読む。ここには〈男〉と〈女〉の〈見る——見られる〉関係の問題が関わってくる（第五章）。さらに女主人公の造型と表現については、彼女が抱える「恥づかし」という観念を手掛かりに読み、第三部終盤のもつ問題について考察していく（第六章）。男主人公については「ことわり」「推し量り」の分析及び人物造型の側面からアプローチしていく（第七・八章）。最後に、この物語を開巻から方向付けている女主人公の「夢」と天人の「予言」、及び女主人公が与えられる「准后」という位との関連性について考察を加える（第九章）。

本書で提示したいのは、「古典」を「現代の視点から読む」ということそのものである。現代に生きる「私」という人間が、『竹取物語』や『源氏物語』などの先行テクスト（と目されるもの）をもつ『夜の寝覚』という作品の中に、何をどのようにして見出したか。各章の考察はそれらについての結果、あるいは一つのプロセスとしてある。もっと言えば、『夜の寝覚』を読むとき、『源氏物語』を参照項として見る／『源氏物語』を『夜の寝覚』の「読み」に〈奉仕〉するものとして見ると、いったい何が見えてしまうのか、あるいはその先に見えてくるものは何か、という問題への回答のひとつの試みである。

例えば『源氏』や『竹取』を知る者とそうでない者とでは、同じ物語を読んでいても、見える「風景」が違ってくるのは明らかだが、これはいわば和歌の「本歌取り」を見るのに似ている。ただし本歌取りは歌論書の類に見るとおりすぐれて方法に自覚的だが、例えば引歌をのぞき『夜の寝覚』の場合は引用の方法に自覚的であったか否かは判別しがたい。ただ、その表現が方法的である（ように読める）ということが重要なのである。もちろん引歌の場合は「方法」に自覚的であったと考えられるが、それとても「読者」のある程度の「知識」と「読み」なしには意味を生成しないことは自明である。

『源氏物語』を「参照項として／〈奉仕〉するものとして」見たならばいったい何が見えてくるのか、という私の問いの立て方自体、おそらくは古くさい手つきに見えるだろうことは想像に難くないが、しかしそのようなそしりをうけたとしてもやはり、この問いは平安後期物語において論じ残されている多くの問題に対して、今もなお有効であると強く主張したい。

注

(1)『夜の寝覚』は五巻本と三巻本の二系統がある。五巻本は全部で六本あるが、その祖本と見られる（野口元大氏「夜寝覚伝本考―新出の島原本を中心に―」（初出昭三十七・一、『夜の寝覚　研究』所収）による）のは島原市立図書館松平文庫蔵本（以下「島原本」）である。それを底本としており現在の『夜の寝覚』テクスト中最も新しい本である、新編日本古典文学全集『夜の寝覚』（小学館、一九九六年九月）を引用本文として用いる。引用中の「……」は私に省略した箇所を示し、（　）内には人物や内容を私に補う。また引用の後の（　）内には頁数を示す。

なお、唯一の三巻本である前田家尊経閣蔵本（以下「前田本」）は巻序は正しいが（五巻本は国会図書館本を除いて皆、巻序を誤っている。島原本は巻五・四・一・二・三の順で読むのが正しい）、中間・末尾の欠巻部、及び錯簡部分が島原本と一致しており（黒田正男氏「夜半の寝覚巻二に於ける錯簡に就いて」、「国語」昭十二・四、高木東一氏「夜半の寝覚の錯簡に就て」、「国語と国文学」昭二十二・六）両本の祖本は同一であると推定されている。なお、「巻序と錯簡を正した本文の読み方順序」については高村元継氏『校本夜の寝覚』（一九八六年十月、明治書院）二三～二四頁に詳しい。

名称については、島原本「夜の寝覚」、前田本「寝覚」、『更級日記』奥書には「よはのねさめ（夜半の寝覚）」とあり、議論も諸説あって定まっていないが、最善本と目されている島原本の題号『夜の寝覚』を用い、本文中では適宜『寝覚』を略称として用いることとする。

改作本『夜寝覚物語』の引用は、中世王朝物語全集・十九『夜寝覚物語』（二〇〇九年五月、笠間書院）により、引用本文の後の（　）内には頁数を示す。

（2）『「女の物語」のながれ―古代後期小説史論』（一九八四年十月、加藤中道館）

（3）この考え方は鈴木泰恵氏『狭衣物語／批評』（二〇〇七年五月、翰林書房）に大きく影響を受けている。「批評は作家の意思や意識に基づくのではない。ある物語が存在すれば、その物語は不可避的に先行の物語への批評となる。同じ物語などひとつもない。差異なき反復の物語はないと考えている。物語は、物語であることにおいて、すでに他の物語への批評である。したがって物語は、模倣・亜流に特質を見出し、独自の文学性を評価しない文学史への批評でもある。」（一七頁）

（4）「『夜の寝覚』発端部と継子物語―《母》物語としての位相」（「中古文学論攷」十二、一九九一年十二月）など。

（5）「源氏物語の水脈―浮舟物語と夜の寝覚―」（「国語と国文学」六十一巻十一号、一九八四年十一月）を参照されたい。

（6）「夜の寝覚の研究状況―未知の物語として」

（7）『夜の寝覚　研究』（一九九〇年五月、笠間書院）

（8）『続寝覚物語の研究』（一九九〇年九月、笠間書院）
（9）新編日本古典文学全集『夜の寝覚』（一九九六年九月、小学館）
（10）二〇〇五年三月、笠間書院・三ページ
（11）「『みやび』とジェンダー――近代における『伊勢物語』」（岡野佐和氏・訳）『創造された古典――カノン形成・国民国家・日本文学』（一九九九年四月、新曜社、三三三ページ）
（12）注6を参照されたい。
（13）注11前掲書
（14）「『夜寝覚抜書』の方法――第二場面と『小夜衣』との関連を中心に――」（「中古文学」七十五号、二〇〇五年五月）

第一章 『夜の寝覚』冒頭の〈解釈の空白〉をめぐって

一 「天人降下事件」の問題点

『夜の寝覚』冒頭のいわゆる「天人降下事件」は、物語第一・二年目（中の君十三・十四歳）八月十五夜の夢の中での天人による秘曲伝授、及び三年目の不降下とから成る。従来この「事件」については天人が中の君に残した言葉のうちの二箇所、

・「……国王まで伝へたてまつりたまふばかり」　（一八）
・「あはれ、あたら、人のいたくものを思ひ、心を乱したまふべき宿世のおはするかな」　（二〇）

という、いわゆる第一・第二予言を基軸とし、これらのことばの持つ予言性に注目した上で、『寝覚』のもつ論理・物語の枠組み・主題性などの問題が論じられてきた。しかしほぼ固定化した感のある冒頭の読みにも、未だ言及されていない重要事項がある。

本章で問題としたいのは、まず第一予言と呼ばれる表現のありようが示す意味内容と発言の力点との微妙なずれについて、もう一点は、天人が中の君に与えた言葉のうちこれまで読まれてこなかったことば、いわば〈解釈の空白〉ともいうべき部分の存在についてである。本章ではまず第一予言の表現の再検討を行い、次いで、天人の残した言葉のうち従来の研究史において読み残されてきた〈空白〉部分をこの主題提示型の冒頭の中に有機的に据え直してみたい。そしてこの二点を中心とした考察によって浮かび上がる原作本の予言性と、それが示す意味内容の問題は、改作本『夜寝覚物語』の「外枠」＝昔語りの場で語られる、〈内側の物語〉[1]の「冒頭」が提示している主題的な意味内容と照らし合わせてみることによって、さらに明確になるだろう。

二　二つの「予言」が示すもの――「夢」の言語と「予言」の言語

「おのが琵琶の音弾き伝ふべき人、天の下には君一人なむものしたまひける。これも、さるべき昔の世の契りなり。これ弾きとどめたまひて、国王まで伝へたてまつりたまふばかり」　（一七～一八）

第一予言は、その実現・非実現はともかくとして、〈中の君が琵琶の秘曲を弾き伝え、やがては国王に伝える〉という意味内容を示すものとして理解される。彼女自身が伝えるのか、子孫が伝えるのか、その具体的な帰結は明らかではないにせよ、[2]〈国王への秘曲伝授と栄華〉という意味内容が提示されていることそれ自体に疑う余地はないだろう。[3]稿者の立場もまた、いわゆる第一予言が寝覚の上の楽才による繁栄＝国王への接近をおおよそは暗示するのだという通説に異を唱えるものではない。ここでとりあげたいのは、その「表現」のありようと、力点の置き所なのである。

この「予言」を読むとき感じるある種のすわりの悪さは、その末尾表現に起因していよう。「国王まで伝へたてまつりたまふばかり」、すなわち「お伝え申し上げなさるほど」という〈程度〉を示す言葉で終わっており、「伝へたてまつりたまへ」や「伝へたてまつりたまふべき人なり」のように命令や未来を推量・断定して提示する表現ではない。これは見過ごされがちだが、実はかなり重要な点ではあるまいか。

例えば『源氏物語』における光源氏に関する三つの「予言」が、いずれも彼の未来に関わる内容を推量表現の助動詞「べし」を用いて語っているのと比較すれば、この両者の違いは明らかとなろう。

・相人おどろきて、あまたたび傾きあやしぶ。「国の親となりて、帝王の上なき位にのぼるべき相おはします人の、そなたにて見れば、乱れ憂ふることやあらむ。朝廷のかためとなりて、天の下を輔くる方にて見れば、またその相違ふべし」と言ふ。（桐壺巻、一・三九〜四〇）(4)

・中将の君も、おどろおどろしうさま異なる夢を見たまひて、合はする者を召して問はせたまへば、及びなう思しもかけぬ筋のことを合はせけり。「その中に違い目ありて、つつしませたまふべきことなむはべる」と言ふに（若紫巻、一・二三三〜二三四）

・宿曜に「御子三人、帝、后かならず並びて生まれたまふべし。中の劣りは太政大臣にて位を極むべし」と勘へ申したりしこと（澪標巻、二・二八五）

このうち夢合せであるのは若紫巻の「予言」だが、これら三つの『源氏』の予言と『寝覚』のそれとを比べてみると、『源氏物語』の予言（占い）の場合は、推量の助動詞「べし」によって、予言の意味内容がはっきりと前面に押し出され定位されている（一般に助動詞「べし」の原義は「当然」（……はずだ）だと言われている）。

さらに『浜松中納言物語』の「夢」を見てみよう。

（中納言が）まどろみ入り給へるかたはらに、河陽県の后、……「……かうおぼしなげくめる人（＝吉野姫君）の御腹になむ（私は）やどりぬるなり。……なほ女の身となむ生るべき」とのたまふと見るままに、涙におぼれて覚めたれば、（中納言は）夢なりけりと思ふに

（新全集本・三九七〜三九八）

この例では夢の中ですでに断定の「なり」および推量・当然の「べし」が用いられ、その「予言性」の高さが保証されている。この夢は疑うべくもなく〈唐后が女身をもってこの世に転生する〉ことを中心に強く押し出しつつ内容の実現を保証する表現となっているのである。

これらの例に対して『夜の寝覚』の場合は、推量・当然の助動詞「べし」が用いられていないばかりか、あろうことか言いさしの形で末尾が切れている。つまり、『寝覚』の天人の発言＝第一予言の表現は、〈国王への秘曲伝授〉という意味内容を提示してはいても、天人の言葉はその内容を中心としてはいなかったことが明らかとなるのではなかろうか。つまり、この天人の発言の力点は、どこか別の所に置かれているのだ。第一予言が示している〈栄華〉と、第一予言の言葉から窺える「力点」との間には、「ずれ」が生じているのである。

もちろん第一予言は夢の中にあるわけで、もし中の君の夢が解かれていたならば、先に見た『源氏』の予言のことばや『浜松』の予言性の高い「夢」と同様に、必ずや未来を推量する形で意味内容を前面に押し出して提示する表現、

すなわち「予言」の言語として整えられていたことだろう。すると問題なのは、混沌を示す「夢」の言語と、それを解釈しようとする「予言」の言語との違いになりそうだ。

「天人降下事件」が中の君一人の夢の中で起こり、かつ「解かれない夢」のままであることの意義については、野口元大氏(5)や永井和子氏(6)が、中の君の内面に醸成される矜持や孤独感あるいは彼女の異質性の表象として捉え重視していた。これを作中人物の内面の問題としてではなく、物語の表現という視点からみるなら、そのような整えられた「予言」の表現として〈国王への秘曲伝授〉が提示されることそのものを、物語は回避しているのだということになろう。河添房江氏(7)は、天人が月世界の視点によって地上の栄華を相対化した、つまり、第二予言によって第一予言を中君の受苦の人生に見合うだけ相対化してみせたのだと論じたが、このように考えると、その「相対化」は既に第一予言それ自体に表れているのだといえよう。

第一予言が「夢」の言語のままで記されることにより、〈国王への秘曲伝授〉という意味内容ははっきりとした「予言」として固定化されないように仕組まれている。また天人のことばそのものも、「……ばかり」ということばによって、そのような意味内容を発言の重点として押し出すことを避けているのであった。となると、いったいどのような意味内容が前面に押し出されているのだろうか。それを探る重要な手掛かりは、他ならぬこの「ばかり」という末尾表現の中に隠されているのだ。

諸注、この語を訳出する際には、ほぼ例外なく「ほどに……。」と言いさした形で処理しているが(8)、これだけでは、いったい天人が何を言いたかったのか、「ほど」とは何を表しているのかが明確にされてはいない。そこで、より直接的に本文の中から「ばかり」の内容を求めるならば、「これ弾きとどめたまひて、国王まで伝へたてまつりたまふばかり」の部分が「さるべき昔の世の契り」の補足説明に相当するということになるのではないだろうか。〈天人の琵琶の音を弾き伝えるべき人が天の下には中の君一人しかいないという彼女の「契り」は、言ってみれば「国王まで伝えることができるほど」の「契り」なのである〉——すなわちこれは「昔の世の契り」の「程度」を説明する内容でしかない、という解釈である。

「ばかり」という「程度」の問題として説明されているのは、あくまでも中の君の「昔の世の契り」なのだ。つまり天人のこの言葉は、従来考えられてきたように〈国王にまで伝える〉ことにではなく、中の君の持つ〈昔の世の契り〉にこそ力点を置く表現だった、ということである。たしかに中の君は「国王」へ音楽を伝える「ほど」の「契り」を持った人間だが、彼女自身あるいは彼女の子孫が「国王」に伝えるということは物語の中心的状況とはならないのだ——ということが、天人「予言」の表現それ自体によって明確に方向づけられ、提示されているのである。

三　〈第三の予言〉——解釈の空白

ではその「昔の世の契り」とは何か。このことは、永井和子氏が、(9) 中の君の「物思い」を呼び込むものとして彼女の楽才があり、彼女の奏でる音楽があるのだと述べていたことと密接に関わってくるが、それはまず中の君が天上界の秘曲を伝授されるべき資質をこの世でただ一人受け継ぐことになったという「契り」である。そしてその「契り」によってもたらされるものとは何かといえば、それこそがこの物語の起筆部分や第二予言によって示された彼女の「物思う宿世」なのであろう。

しかしここでさらに前節で見たような「予言性」の問題意識からもう少し踏み込んでみたい。この冒頭にはその中の君の「物思い」の内実までもが明確に提示されているといえるのではないだろうか。

虚心にながめてみれば、そもそも天人の発言は降下第一年目と二年目であわせて四箇所あった。そのうちの二つは既に取り上げた第一・第二予言、もう一つは「この残りの手の、この世に伝はらぬ、いま五つあるは、来年の今宵下り来て教へたてまつらむ」（一八）という再降下の約束である。ところが残る一つの、

「教へたてまつりしにも過ぎて、あはれなりつる御琴の音かな。この手どもを聞き知る人は、えしもやなからむ」（一九～二〇）

という天人の言葉について言及した先行の論は、ほとんどない(10)のである。

二つの予言と同じく中の君本人の未来の運命に関わる重大な発言でありながら、これまで重視されてこなかった天人のこの言葉を放っておいてよいはずはない。このことばはやはり、冒頭の文脈の中に正しく据え直される必要があろう。先取りして言えば、第二予言で示され、後に「かの十五夜の夢に、天つ乙女の教へしさまの、かなふなりけれ」（三九〇）という中の君自身の感慨によって実現を確認された「物を思ひ、心を乱したまふべき宿世」の内実は、物語冒頭、中の君の父・源太政大臣の抱く感慨と天人のこの言葉との対応関係の中にこそ見出だし得るものなのである。

そこで改めてこの事件の発端を見ると、永井和子氏(11)も指摘したように、「これをただ今、物思ひ知らむ人に見せ聞かせばや」（一七）という、中の君を見つめる父・源太政大臣の思いが天人を呼び寄せる契機となっているのは確かだが、注目すべきは〈物の心が分かっているような人にこの姿を見せ、音色を聞かせたい〉という父の密かな望みに呼び寄せられてやって来たのが「人」ではなく「天人」であったという事実、さらにその天人自身が「この手どもを

聞き知る人は、えしもやなからむ」すなわち〈これらの手を聞いて分かる人は、よもやいないのではないでしょうか〉と言っていることである。

「聞き知る」が単純に〈秘曲を耳にしてその存在を知っている〉という意味ではないことは、この直前で中の君が「琵琶を、教へのままに、音のある限り出だして弾き」（一九）、それを姉・大君が聞いて「あさましき君の御様かな」（一九）と羨んでいることからも明らかだ。天人は、天界の秘曲を聞いてもその素晴らしさを本質的に「理解」できる者はいないだろう、と言っているのである。そしてもちろん物語的解釈では、楽の音はその人自身の内面や人格と無縁ではありえない。

これら二つの事実が意味するのは、中の君の理解者を求める父の望みを物語が全否定しているということ、のみならずそれを望む父ですら〈中の君の手を聞き知る人〉にはなり得ないということなのである。そして「国王」とて所詮は地上の人、おそらく中の君から秘曲を伝授されたとしてもそれを「聞き知る」ことはやはりできないに違いない。秘曲を伝えられるべき資質を備えた「国王」などそもそも存在しない――「国王」の資質はいわば初めから空洞化されているのだ(12)。

「この手どもを聞き知る人は、えしもやなからむ」。天人のこのことばは、読み手の側から見てその実現を確かめ得るものとしての〈予言〉的機能をたしかに持っている。この「予言的機能」を、その実現が作中人物によって確認される「予言」と区別することは必要であろうが、現存本末尾が散逸しており帰趨が確認し得ない以上、ここでいう「予言性」とは結局読み手が後から前に返って解釈し直すことによって見出されるものなのだ。父の思いと天人の発言との対応関係から立ち上げられる新たな予言的意味とは、この地上には中の君を理解する者は一人としていないのだという、きわめて絶望的な孤独の宣告に他ならない。そしてそれは読み手の側から見れば間違いなく、天人からただ一人、天界の秘曲を伝授された、選びとられた人である中の君の「宿世」に結びつく〈不幸〉を表現した、いわば〈第三の予言〉ともいうべきものなのである。

父のことばの重みは、後々この物語終盤になってあらためて読みとられるべきである。広沢に身を寄せていた寝覚の上が子どもたちと共に男主人公にともなわれて帰京する前夜、琵琶を弾く彼女を見て、

「ただ今物思ひ知らん人もがな。大臣（＝男主人公）渡りて見たてまつりたまはむとき、いかにかひある心地せむ」（四九三～四九四）

と思う。するとそこにはまるでかつて天人が中の君の夢に現れたのとまさしく対応するように、「……と思ふほどにしもぞ、渡りたまひたる。」（四九四）と、男主人公がその場にやってくるのだ。冒頭の天人降下とこの場面とは、明らかに両者対応していることに注意しなくてはならない。またどちらも、寝覚の上の父の感慨が彼女の〈理解者〉〈たらんとする者〉を呼び寄せていることにも留意しておきたい。この〈理解〉の問題については後に詳述する。

四　改作本との比較から

以上、原作本のいわゆる第一予言の表現は〈国王への秘曲伝授〉を中心課題として押し出してはいないこと、これまで看過され〈解釈の空白〉となっていた「この手どもを聞き知る人は、えしもやなからむ」という表現にも予言的機能――〈第三の予言〉――として認めるべきものがあること、そしてそれが意味するものは、中の君の〈不幸〉と

いう主題的状況なのだということについて確認してきた。

このような原作本のもつ表現の特質をきわだたせるために、改作本『夜寝覚物語』を参照しよう。繰り返しになるが、原作本では中の君の父・源太政大臣が中の君の演奏を聴いて、

「めづらかに、ゆゆしうかなし。……これをただ今、物思ひ知らむ人に見せ聞かせばや」　（十七）

と嘆息し、中の君の資質を〈理解〉する者の出現を待っている。しかし意に反して中の君の夢に現れたのは「月の都の人」すなわち天人であった。

これに対し改作本『夜寝覚物語』ではこの箇所に対応する父大臣の言葉が、

「あはれ、母宮おはせば、いかばかり思ひ給はん」　（一〇～一一）

と「母」の不在を惜しむものになっており、そのことばに引き寄せられて「天人」が夢に現れ、

「この御手ども聞き知る人、えしも無からんものを」　（一二）

と嘆息している。河添房江氏[13]や足立繭子氏[14]は、この部分に亡き母の霊験や継子譚的枠組みといった読みを提示されたが、先に述べたような〈中の君の本質を理解することができる人間の有無〉を重視する観点からとらえ直すなら、改

作本では中の君の真の理解者たり得る可能性が示唆されているのは「人」一般ではなくまさに「亡き母」なのであり、その唯一の理解者たる母が不在であるがゆえに今後の中の君の苦難が予想されるのだ、という表現になっていることが注目される。つまり改作本冒頭で中心課題とされているのは〈理解者の不在と絶対的孤独〉ではなく、〈理解者である母を持たぬ娘〉を苦難の後に栄華に導くという展開なのであり、またそれを中心課題とするべく、表現が周到に選び取られているのである。ここに改作本の「改作意識」を読みとることもできよう。(15)

原作本のその後の展開においては〈母のない娘〉の論理が認められることはすでに指摘されているが、(16)これに対し原作本冒頭ではこの〈母のない娘〉の問題には力点が置かれてはいないこと、また、「ゆゆし」きまでに娘の身を案じる父の不安や愛情が示されるのみであることも、改めて注目されてよいのではないだろうか。この点について原作本と改作本とを比較してみよう。

○原作本

・「めづらかに、ゆゆしうかなし」と見聞きたてまつらせたまふに、夜更くるままに、いといみじくおもしろく、あはれなり。「これをただ今、物思ひ知らむ人に見せ聞かせばや」とおぼす　（一七）

・大臣もおどろかせたまひて、「めづらかに、ゆゆしくかなし」と聞きたまふ。　（二一）

○改作本

・大臣おどろき給ひて、「教へしよりもけにいまめかしき爪音。あはれ、母宮おはせば、いかばかり思ひ給はん」と涙落とし給ふ。　（一〇～一一）

・大臣もおどろき給ひて、めづらかに、いみじうかなしと思して　（一三）

一読対照して明らかだが、改作本では原作本にあった父の「ゆゆし」き、すなわち「不吉な」までの心痛は表現されておらず、「いみじう」という「程度」を示す心配だけが示されている。つまり改作本は「父」ではなく「亡き母」の存在を、中の君の運命を決める主題的状況として選び取っている、ということなのだ。

改作本における「父」の存在意味とは、一つには、

「わが子にあらじ。天つ乙女などの仮りに宿り給へるにや」と、なよ竹のかぐや姫のことも思し出でられ給ひて、うつくしき御かたちありさまにも、「目見入れきこゆるものやあらん。いとこれ程なくても、などなかりけん」とまでぞ思し嘆きける。（一三）

とあるように、娘をかぐや姫としてとらえている点にあるが、それは乾澄子氏[17]が指摘するように、中の君の天上的資質そのものを認めているのではなく、むしろ地上的な栄華を望む発想のありようを露呈するものだといえよう。

しかしさらに一歩進めて言うならば、「目見入れきこゆるもの」がありはしないか、という父大臣の心配が、まさに男主人公の〈闖入〉を物語表現上で対応し呼び込んでいることを思うとき、改作本においてもこの父大臣の言葉が奇妙な「予言」性をもつことが垣間見えて来もするのである。前節で見たように原作本冒頭では父大臣の思いが天人降下を呼び込み、一方で物語終盤では男主人公の登場を呼び込んでいた――物語の主導者であるかのように――わけだが、改作本においては早々と物語冒頭において妹姫君との「御仲らひ」の相手たる男主人公を呼び寄せていたことは注目すべき現象であろう。

ともかく、改作本冒頭の表現が中の君の年齢をわざわざ（といってもよいだろう）一つ下げ、よりはっきりと〈母のない幼子〉の苦難（とその後の幸福と）を主題的状況として提示していたのに対して、原作本冒頭ではそれを中心課題としてはおらず、また〈母〉ではなく〈父〉をこそ重視しているのだということを、ここで改めて確認しておく。[18]

高橋亨氏は、[19]改作本『寝覚』では天人から秘曲を伝授される「夢」が栄華の保証という予言的機能と結びついて神話的な力が強調されているのに対して、原作本『寝覚』ではそれが栄華ではなく「宿世」の問題に結びつくところに独自性があると述べた。翻ってこれを原作本にさかのぼり、表現レベルの問題としてあらためて捉え直すならば、栄華を保証するものとしての「予言」が物語の主題的状況を形作ってゆくという発想の「型」を、原作本『寝覚』は裏切っている、あるいは相対化しうる読みを引き出しているといえよう。それは第一予言が「解かれない夢」のことばを選び取ることで可能になったものなのであった。

それと同様に、原作本冒頭は〈母のない娘〉という、〈母〉へ傾斜する発想の「型」をも表現レベルではぐらかしているのだ。換言すれば、原作本『寝覚』の冒頭における物語表現はそのような発想の「型」に回収されない物語を主題的状況として前景化しているという特質を持っているのである。

結

改作本『寝覚』の冒頭が、〈母のない幼子〉という発想の「型」に回収されていくような物語状況を中心的課題として提示していたのに対して、原作本はそのような発想の「型」といったものに回収されてゆくことを回避する表現をとっている。原作本『夜の寝覚』の第一予言は、〈天上界の秘曲を国王にまで伝え栄華を極める〉という意味内容を提示してはいても、それを中心的課題とはせず、「国王にまで伝えることができるほどの、秘曲を伝授されるべき昔の世の契り」を前景化し主題的方向とする発言であって、「予言」として定位できない表現、すなわち読み解かれない「夢」のことばを、この物語の冒頭は記述しているのだ。

　また、従来読み逃され〈解釈の空白〉となっていた天人の発言にも、実は〈第三の予言〉ともいうべき予言的機能があったことを確認しよう。中の君の父・源太政大臣の感慨と天人の発言をめぐる表現との対応関係から立ち上がる新たな予言的意味が見えてくる。地上界唯一の秘曲伝授者である中の君の「物思い」の内実は、地上には本質的な理解者を誰一人として持たない孤高ゆえの〈不幸〉に発するということが、表現でも読みのレベルにおいても保証されているのだ。原作本『寝覚』の物語が、冒頭以後〈理解〉の問題をめぐって展開することになるのは必然なのだ。物語は、女主人公が男主人公に伴われ帰京する遠い未来までをも、その射程内に見定めているようである。

注

（1）改作本『夜寝覚物語』は風流人達の座談の場を序・跋に設定し（物語の「外枠」）、その中で話題に上った「実夢」についての例証として原作本『夜の寝覚』に準じた物語世界を語るという構成になっている。永井和子氏（「寝覚物語と改作本夜寝覚物語─序の変容とその意味─」一九八七年二月初出、前掲書所収）・河添房江氏（「中村本寝覚物語」『体系物語文学史　第三巻』有精堂、一九八三年七月）はこの「外枠」の設定に中世的な改作の方法意識を看取る。この点極めて重要な問題ではあるが、本章では「外枠」の中で語られる〈内側の物語〉の「冒頭」を考察の対象とした。

（2）坂本信道氏（「『夜の寝覚』の予言と構想─天人予言の達成─」九州大学「語文研究」六十四、一九八七年十二月）は現存五巻本・巻五に第一予言の実現を認め得るとする。

(3)　古谷道子氏「『寝覚』天人事件の性格」(「国文」(お茶の水女子大学)十七、一九六二年七月)
(4)　『源氏物語』の引用は小学館新全集本により、(　)内に巻号とページ数を示す。以下同じ。
(5)　野口氏前掲書参照。
(6)　「寝覚物語―かぐや姫と中の君と―」(一九八六年十一月初出、永井氏前掲書所収)
(7)　「〈動態〉としての寝覚・序章―第一部の世界から―」(『論集中古文学4　平安後期―物語と歴史物語―』笠間書院、一九八二年二月)
(8)　『校注夜半の寝覚』(石川徹氏編著、武蔵野書院、一九八一年十月)では「ばかり」の後に具体的な内容を補って訳出し「天皇にまでお伝え申すことができるまでに上達なさい」と訳しているが、「上達なさい」と補う必然性が本文の中からは見出しにくい。
(9)　「寝覚物語の冒頭―中の君と音楽―」(一九七五年九月初出、永井氏前掲書所収)
(10)　管見の及ぶ限りでは、浅尾広良氏「原作本『夜の寝覚』の方法―天人降下を視座として―」(「國學院大学大学院文学研究科論集」十、一九八三年三月)は「「この手どもを聞き知る人は、えしもやなからむ」という言葉は中の君の主人公性を保証するものである」と述べていた。
(11)　「寝覚物語の老人」(一九八六年三月初出、前掲書所収)
(12)　例えば寝覚の帝が「帝闖入事件」の際、寝覚の上を〈理解〉せずに終わったのもこの〈予言〉の実現とみなせよう。この点については第三章を見られたい。
(13)　注1河添氏論文及び「夜の寝覚と話型―貴種流離の行方」(「日本文学」三十五・五、一九八六年五月)
(14)　「『夜の寝覚』発端部と継子物語―《母》物語としての位相―」(「中古文学論攷」十二、一九九一年十二月)
(15)　改作本においてこの「〈理解者＝母〉の不在」という苦難があるにもかかわらず結局は「実夢」、すなわち「そらはれ月あきらかなるおり」に見る「あざやかなる」、「とくおそき事こそあれ、かならずむなしからず」(三一九)という夢の力で栄華へと導かれ、かつ「との、うへさかへたのし」(五五七)んだということについては、改作論理のある種の「綻び」とも言い得よう。

（16）　棚橋真佐子氏「「寝覚」の女君について―母としての立場と人生態度―」（「国文（お茶の水女子大学）」四十三、一九七五年七月）

（17）　「『夜の寝覚』―「模倣」と「改作」の間」（「日本文学」四十七、一九九八年一月）

（18）　従来指摘されている通り、母を亡くし父親一人の手で育てられた姉妹という状況は『源氏物語』橋姫巻と深く関わっていることは注意しておかねばならないが、いずれにせよ原作本冒頭が『源氏』橋姫巻から引き継いでいるものとしては、〈母〉の論理ではなく〈姉妹〉の論理を看取るべきであり、また〈父〉を主題的状況に関わるものとして重視する原作本冒頭の論理にあってはやはり太政大臣の一世源氏としての側面を重視する必要があろう。〈母の不在〉については後の章を参照されたい。

（19）　座談会「なぜ物語文学を研究するか」（「宇津保と寝覚　物語文学研究の出発」、「解釈と鑑賞」四十五・九、一九八〇年九月）

〔付記〕本章は平成十一年度文部省科学研究費補助金（日本学術振興会特別研究員奨励費）による研究成果の一つであり、平成十一年度中古文学会春季大会における口頭発表を基に加筆修正した。発表に際しご指導くださった方々にお礼を申し上げる。

第二章　「をこがまし」という認識――『夜の寝覚』の帝と『源氏物語』

一　問題の所在

『夜の寝覚』のいわゆる「帝闖入事件」は次のような帝の心境で閉じられる。

とばかり見送らせたまひて、「などて。をこがましく。かかる逢瀬は難くこそあらめ。あながちに心苦しさを見知りつるぞや」と、悔しく、いみじくおぼさるるに、人目苦しからずは、やがてたちつづきぬばかりの御心地ぞ、せさせせたまふ。（二八七）

この場面で注意したいのは「をこがましく」ということばである。寝覚の上を我が手にし得なかった帝の行為が、当の帝自身によって「をこがまし」と意識されているのを見過ごしてはならない。というのは、この物語においては、このような「をこがまし」という感情が、実は他の人物にはほとんど見られないからである。

『夜の寝覚』の「をこがまし」の用例は全部で十六例を数えるが、そのうち一例は打消推量であり、残る十五例を見てみると、そのうち八例が帝に関して用いられている。

これに対して「寝覚めの御仲らひ」の相手たる男主人公については二例しかないのをはじめ、入道太政大臣について用いられているものが二例、但馬守に対する草子地の評が一例の他、偽生霊事件に対する男主人公からの評価として用いられているのが二例となっている。

さらに、『夜の寝覚』には一例しかない「をこがましさ」という語もまた、他ならぬ帝に関して用いられているのである。帝に対するこの「をこがまし」の集中は特筆に値する。この物語では「をこがまし」という感情は、帝という人物に特徴的に付与された心的傾向であるとみてよい。

さてこの「をこがまし」という言葉に現れている意識と、笑いを引き起こすものとしての「をこ」とを即座に結びつけることはできない。石川徹氏[2]によれば、「をこ」とは「人の笑ひをさそふ滑稽な失敗を演じたりする阿呆」であり、それに対し「をこがまし」とは、「『いい道化者』『いい物笑ひ』になるような『不格好』『不体裁』『チグハグサ』を、見つともない恥づかしいとする、さうした気持の言葉である」。つまり、自分あるいは他人の感情や行動を、第三者が見たならば「をこ」のように思うであろうと、他者の視線を強く意識して考えることが、「をこがまし」という意識なのである。また、石川氏は「をこがまし」の訳語について、「対他的に使はれる場合と自分自身についていふ場合」とで異なることを指摘したが、この指摘に即していえば、先に述べた寝覚の帝に関する八例の「をこがまし」のうち、実に七例までが「自分自身についていふ場合」なのである。

本章で扱うのは、この対自的な「をこがまし」という意識についてである。このような「をこがまし」という心的傾向を持つ者として表現されている男たちの「先蹤」を『源氏物語』に見ることができることに注目したい。彼らがそれぞれ抱える「をこがまし」という意識を追ってゆくと、彼ら一人一人の固有の心的傾向があざやかに浮かび上がってくる。それは彼らの「恋」のありようと無縁ではないのだ。「をこがまし」という表現を辿っていくことで、彼らの「恋」の性質の違いとも言うべきものが明らかになっていく。そして『夜の寝覚』の帝もまた、『源氏物語』の男君たちに見られる「をこがまし」の「系譜」に連なる者として表現されているのであるとおぼしい。『源氏』が『寝覚』に〈奉仕〉する表現を追うことは、また『源氏』へと遡及するまなざしをも含みもつ契機となるだろう。

二　寝覚の帝の「をこがまし」

まずは、寝覚の帝の「をこがまし」という意識の内実を、本文に沿って確認することから始めたい。

①　とばかり見送らせたまひて、「などて。をこがましく。かかる逢瀬は難くこそあらめ。あながちに心苦しさを見知りつるぞや」と、悔しく、いみじくおぼさるるに、人目苦しからずは、やがてたちつづきぬばかりの御心地ぞ、せさせたまふ。（既出）　（二八七）

②　「さても、あさましう、心強かりつる人の心かな。さばかり思ふにては、後の逢瀬、よにあらせじものを。などしつるをこがましさぞ」とおぼすが、いみじく妬きに、恋しさ、とりもあへず、「かくのみおぼえば、いかで長らへやるべきにか」と、涙に浮きて明かさせたまひつ。　（二八七～二八八）

③　御文を（寝覚の上が）引きあけたれば、尽きすべうもあらぬことを、書きつづけさせたまひて、（帝の文）「見やしつる見ずやありつる春の夜の夢とて何を人に語らむ
をこがましく。我かしこにおぼし出づらむをさへ、思ひやるに、いと消えぬべし」　（二九一）

①〜③は、基本的には、寝覚の上に「単衣の関」を残すのみというところまで迫っていながら、なまじいたわり心を起こして諦めてしまった帝自身の「間抜けぶり」を指している。

女が男の接近から逃れる場合の場面状況を参照してみると、例えば『源氏物語』夕霧巻では「障子をおさへたまへるは、いとものはかなき固めなれど」（四・四〇七）と表現され、また総角巻でも「この御障子の固めばかりいと強きも、まことにもの清く推しはかりきこゆる人もはべらじ」（五・二六五）といわれている。「障子の固め」がほとんど意味のないようなものであるというのだから、まして「単衣の関」など、普通ではほぼ意味をなさないのは明らかだ。しかもこれが至尊の身分である帝の行為であることを考えればなおさらだ。これはまさしく空前の「をこがまし」さだと評せよう。

このように、帝の「をこがまし」を引き起こす原因は、自らの念願を果たせなかったことそのものにあるが、時間の経過につれて、①と②ではその意識は異なっている。つまり、①は寝覚の上を「をこがましく」も逃がしてしまったことに対する後悔だが、②では「後の逢瀬などまったくありえないのに」と気づき、それなのに望みをかけていたのは冷静に考えれば愚かなことであったという後悔が生じているのである。

このあと帝は、母后・大皇の宮の策が成功しなかったことを大皇の宮に対して語る。

④「すべて、おもふき強くはべりける人を。ことわりとは言ひながら、いとはしたなくもてなしはべりつるに、我が身の程知られてこそ、帰りにしか。内の大臣のかたの心の、いみじく深きにこそはべりけれ。いかでか、さは、なげの言葉にも、情け添へぬやうのあらむ。見る目、もてなしの、さばかりなまめき、あえかなるほどよりは、いとものはしたなく、心強きほどにぞはべりける。さはれ、をこがましきこと。世の聞こえも軽々しく、女

房のなかにも散らしはべらじ」　（二九六）

ここでは、故関白未亡人・寝覚の上に執着し言い寄ったあげく何ごともなく終わったばかりか、彼女のつれなさと同時に、「我が身の程知られてこそ……」と、彼女にとっては自分など物の数にも入らないことを思い知る結果に終わったことを指す。「さはれ」とあるから、寝覚の上についての述懐を聞いている大皇の宮が、自分（＝帝）を愚か者と見ているのではと思い、話を打ち切ろうとする働きもあるだろう。また、「世の聞こえも軽々しく……」とあるのは、帝たるものの振る舞いとしてふさわしくないことを一方では自覚していることの表れであるといえるが、帝にとってこの〈闖入〉は「をこがましきこと」だという総括に尽きる、というのである。

⑤　上には、あさましう、思ひ知る一行の返り事だになくてやみにしより、「かばかりの心にては、さりともと頼みをかけ、後の逢瀬をこがましかりけりかし」と、いみじう悔しう、妬うおぼしめされて　（三二三）

これも①・②と同様、そうはいっても自分の心の深さをわかってもらえるだろう、そうすれば「後の逢瀬」もあろうと期待していたのは全く浅はかであったということを指している。そして①と②に見られた「悔し」「妬し」が再燃し、次のような手紙へつながるのである。

⑥　（帝の文）「さりともかならずおぼし知りなむ、とおぼえしもてなしを、我たけう、をこがましくおぼし離れ、一行の御返りもなくのみあるは、あさましう、後瀬の山の頼みもあるまじかめるを。なにの人目か。ただ心に任

せて乱れたる人の上なりとも、すこし世のつねにてこそ思ふべきわざなりけれ。昨日今日のように、もののおぼえば、いみじくおぼすさまに隙間なく定まり果てたまひぬとも、さてはあべうもあらず。きこえしやうに、ところせき位なども、ひたぶるに捨てむとなむ思ふ」

（三二七～三二八）

「分かってくださると思っていた私のふるまいを、あなたは理解するどころか馬鹿なことだとお思いになって私から遠く離れ、お返事すらくださらないのですね」と、寝覚の上の気持ちを忖度して訴える帝の言葉は、あなたもきっとこのような私を馬鹿な男と思っているのでしょう、という気持ちの表れである。そして①②⑤の「悔し」「妬し」の思いが、「きこえしやうに」とあるような、〈闖入〉の折りに口にした譲位の望み、

「……これに懲りたまふとて、内などに居ること難くなりたまひたらば、ただ今年のうちにこの位をも捨てて、八重立つ山の中を分けても、必ず思ふ本意かなひてなむ、やむべき。……」

（二八二）

へとつながるのである。

さて次の場面は、中宮から帝へ向けられた「をこがまし」を含む点でも重要である。

⑦（帝が中宮に寝覚の上への思いを語ると、中宮は）「さればよ」と、をかしくおぼされて、「登花殿に、おのづから参るをりもあらむを、督の君に語らはせたまへかし」ときこえたまへば、「今は、よに参らじ。……限りなくめざましかりける人よ」とて、「宮の御覧ずるところもをこがまし」と、つつませたまへど、うちこぼさせたまへる

を、（中宮は）「いと、いとほし」と見たてまつらせたまひて、「さても、いかにはべりけるにか」と、きこえさせたまへば、「すべて、言ひ尽くすべくもあらぬ人なりけり。ただ、あたりもにほひみち、玉光り輝くなどは、かかるを言ふなりけりとぞ見えし。ただ人なれど、めでたしや、内の大臣は。かかる女に、いみじく思ひ靡かされたるよ」と、のたまはする御ものうらやみの、童げたるを、をこがましく（中宮は）見たてまつらせたまふ。

（三六三）

物思いのつのる様子は見せながら、第四章でも見るとおり、「督の君」（＝故関白長女）の入内時にも「御心につゆばかりも違ひきこえさせじ」（二四四）とまで考えていたはずの中宮に対しても何も話さなかった帝が、ついに寝覚の上への思いを打ち明ける場面である。中宮は、思った通り、と合点して「『さればよ』と、をかしく」思い、余裕のある態度を見せている。帝は中宮の目を意識して「をこがまし」と思いつつも涙をこらえきれないのだが、中宮はやはり「いと、いとほし」と帝への思いやりを見せている。

ここまでは両者の関係は良好だが、中宮に促されると、帝は真正直に女君の素晴らしさをとくとくと語ってしまう。中宮の側では、それまで帝に対して抱いていた「をかし」「いとほし」といった帝に対する余裕や思いやりの感情が、帝があまりに子供っぽいので、ばかばかしいこと、と拝見する思いへと転じてしまっている。

永井和子氏はこの場面について、

こうした中宮に甘えて、帝は苦しみのあまりすべてをありのままに打ち明ける。中の君の類稀な美貌を語り、その人を妻とする主人公の宿運のめでたさを言うが、「……と、のたまはする御ものうらやみの、童げたるを、をこがましく見たてまつらせたまふ。」とあって帝は形なしである。即ち座標軸としての中宮に照らせば、帝はまさに「をこがましき」状況に在るに他ならない。

（永井氏前掲書、一九三頁）

と述べた。先に④で見たような帝自身の「をこがましきこと」という自戒・総括が、ここでは中宮という「座標軸」＝他者の視線を得て再度定位されていると言える。「をこがまし」という思いは、他者の目には「をこ」だと映るであろうという意識であることを考えると、中宮が抱いている「をこがまし」という思いは、帝の様子のみならず、わざわざ他の女をほめる話を聞かされた自分も馬鹿を見たという、一種自分自身に返ってくるような意識であると考えられる。一方、帝は中宮に「をこがまし」と見られることを恐れ自制しようとしていながら、結局は寝覚の上を手放しでほめたたえて中宮に「をこがまし」という思いを抱かせてしまうというアイロニカルな場面となっている。その意味で、帝の「をこがまし」という他者への意識は、心を許している中宮相手にとはいえ、はなはだ中途半端な自省であると言わざるを得ない。

⑧　一行の返り事をだに御覧ぜさせず、まだ知らず、あさましう妬き人と、おぼしめすかたはかたにて、「あらば逢ふ世もや」と慰めさせたまふべきに、誰も千歳の松ならねば、限りと聞き閉ぢめさせたまはむ御心まどひは、我もまさりて、いみじくおぼしめされぬべきも、「をこがましき心かな」と、かへすがへすおぼし取りながら、「大臣の添ひ居て思ひ騒ぐなるも、いかが見るべき」とはおぼしめしながら、「そはなどてか。あらはれて、この人に添ひてありしに、一言もかけそめたらばこそ便なからめ、少々は知らず顔にて」とおぼしめして、督の君の御文の中にて、例の、白き紙に、言葉多くもあらず、「いとかかれば」とばかり、書かせたまひたるを

（四七四〜四七五）

波線部に見られるように、帝の思考の屈折の様がありありとたどられる。〈闖入〉以来、帝はただひたすら「後の逢瀬をこがましかりけりかし」と痛感してきたはずであった。寝覚の上に「あはれ」と思ってもらえないばかりか、彼女から一行の返り事すら手元に届かないにもかかわらず、それでもなお、妬さ憎らしさはそれとして、生きていれば逢うこともあろうかと望みを捨てきれず彼女に執着している。しかもそのような自分の心が、他人から見れば馬鹿げたものであると「かへすがへす」思ってはいる。しかしその自覚も「思し取りながら……とは思しめしながら」という、反復される保留の文脈の中で流れていってしまう。結局帝の思いは「少々は知らず顔にて」という自己正当化へと行き着き、相も変わらず寝覚の上へ手紙を送り続けるのである。

以上見てきたように、帝の「をこがまし」という思いは直接には寝覚の上を手にすることができなかったということを指しており、ひいてはこの〈闖入〉事件全体を総括するものとなっているが、そこには、あろうはずのない再度の逢瀬に望みをかけていたことばかりでなく、他者の視線、すなわち「世の聞こえ」や「女房たち」を憚る意識などが関わっていた。このような「をこがまし」という第三者への意識が浮上していながら、結局その思いはもう流れ去ってしまい、「をこがまし」き自分の状況に対する自省は保留されたまま、元の思いへと戻っていってしまう様相を見出せる。帝の抱く「をこがまし」という表現によって、以上のような帝の心的傾向が確認できる。

三　『源氏物語』の「をこがまし」――四人の男たちから

さて、このような帝の「をこがまし」き思いをフィルターとして『源氏』を見ると、男たちはどのように見えてくるだろうか。寝覚の帝は『源氏物語』の男たちに見られる「をこがまし」の系譜に連なる人物である、とも前に述べたが、一体それはどのような点においてなのか。

『源氏物語』における「をこがまし」の用例は四十一例（連用形「をこがましかり」三例を除く）だが、作中人物の対自的な「をこがまし」の用例を見てみると、男が自分自身の「恋」の状況あるいはその状況の渦中での自分のありようを評する場合が多く見られる。光源氏は六例、柏木は二例、夕霧は五例、薫に至っては実に十二例の多きを数える。

このことから、『源氏物語』の主要な男たちはみな、「をこがまし」という思いを抱え持つ者として表現されているのだ、と言えそうだが、事はそう単純ではない。なぜなら、これも既に述べたことだが、彼らそれぞれの「をこがまし」という意識からは、彼らの「恋」の状況を実に的確にうかがい知ることができるからだ。以下、順を追って見ていこう。

（1）光源氏

光源氏の場合は、空蟬巻二例、夕顔巻二例、紅葉賀巻一例、行幸巻一例に「をこがまし」が見られ、いわゆる『源氏物語』第一部、しかもその前半部分に集中しているのが特徴である。

①　とばかりそら寝して、灯明き方に屏風をひろげて、影ほのかなるに、やをら入れたてまつる。いかにぞ、をこがましきこともこそと思すに、いとつつましけれど、導くままに母屋の几帳の帷子引き上げて（空蝉巻、一・一二三〜一二四）

②　いぎたなきさまなどぞあやしく変りて、やうやう見あらはしたまひて、あさましく心やましけれど、人違へとたどりて見えんもをこがましく、あやしと思ふべし、本意の人を尋ね寄らむも、かばかり逃るる心あめれば、かひなうをこにこそ思はめと思す。（空蝉巻、一・一二五）

③　御心のうちに思し出づることもさまざまなり。ものまめやかなる大人をかく思ふもげにをこがましく、うしろめたきわざなりや。げにこれぞなのめならぬかたはなべかりけると、（A）馬頭の諫め思し出でて、いとほしきに、つれなき心はねたけれど、人のためはあはれと思しなさる。（夕顔巻、一・一四五）

④　命をかけて、何の契りにかかる目を見るらむ、わが心ながら、かかる筋におほけなくあるまじき心の報いに、かく来し方行く先の例となりぬべきことはあるなめり、忍ぶとも世にあること隠れなくて、内裏に聞こしめさむをはじめて、人の思ひ言はんこと、よからぬ童べの口ずさびになるべきなめり、ありありて、をこがましき名をとるべきかな、と思しめぐらす。（夕顔巻、一・一六九〜一七〇）

⑤　帯は、中将のなりけり。わが御直衣よりは色深しと見たまふに、端袖もなかりけり。あやしの事どもや、下り立ちて乱るる人は、むべをこがましきことは多からむと、（B）いとど御心をさめられたまふ。（紅葉賀巻、一・三四四〜三四五）

⑥　この「音無の滝」こそうたていとほしく、南の上の御推しはかり事にかなひて、軽々しかるべき御名なれ。かの大臣、何ごとにつけても際々しう……けざやかなる御もてなしなどのあらむにつけては、をこがましうもやな

ど、（C）思しかへさふ。　（行幸巻、三・二八九）

①～③は空蟬、④は夕顔、⑤は源典侍、⑥は玉鬘をめぐる状況の中での自分の行動を客観的に見つめる思考である。注目すべきは、「む」「べし」「もこそ」などといった仮定・推量・あやぶみを示す語と共に「をこがまし」という思いが見られるのが、光源氏の大きな特徴だという点である。

①は空蟬の寝所へ忍んでいく場面だが、このとき既に彼は「をこがましきこともこそ」つまり「ばかげたことになったら困る」と、これから起こる事への危惧を抱いている。②では様々に思いをめぐらせたあげく、「苦労したかいもなく、馬鹿者と（あの人は私を）思うだろう」と考え、最も「をこがまし」くないような行動を選択した。後日談の③では、「ものまめやかなる大人」に対してこのような思いを抱くのは、「をこがまし」いことだと感じている。「大人をこのように思うのも」というからには、当の自分は「大人」ではないのだという自覚が含まれているだろう。その中で光源氏は、「げに」ということばを繰り返しつつ、かの「馬頭の諫め」、すなわち、いわゆる「雨夜の品定め」での左馬頭の発言を思い出す（A）のであった。

こうして空蟬への思いが鎮まっていく一方で、物語は彼と夕顔との恋を語り始める。しかし、それも夕顔の突然の死という異常な事態に終わり、彼は④のようにまたしても「をこがましき名を取るべき」自分を予想するのである。それは、「かかる筋におほけなくあるまじき心のむくい」と規定されており、このような軽々しい恋は自分にはふさわしくなかったのだ、という後悔が込められているのである。

⑤は、源典侍のもとで頭中将に驚かされ、大立ち回りを演じてしまったあとのことだが、この源典侍をめぐる一連の話の持つ「をこ話」としての側面、あるいは「すき者」の求婚譚との関わりについては既にさまざまに論じられて

おり、⑤もそのような「をこ話」の状況の中にあるといえる。光源氏自身、この体験を「あやしの事」と捉え、「下りたちて乱るる人」は、このようなばかげたことが多いのだろうと考える。これは、自分もそのようなばかげた振る舞いをしてしまったのだという自覚を示すものであり、このようなことは二度とすまいという（B）の反省・決意につながっている。

⑥は三十歳を過ぎてから唯一の「をこがまし」の例である。養女として引き取った、かの夕顔の遺児・玉鬘への恋心を抱く光源氏は、彼女を妻にするといった場合に実父の大臣（＝かっての頭中将）から受けるであろう「きっぱりとした御ふるまい」を想像し、（C）のように思いとどまるのであった。

このように光源氏の「をこがまし」という認識は、今「をこがまし」くなりつつある自分、あるいはこのまま行けば将来必ず陥ってしまうであろう「をこがまし」き状況に対して向けられているといえる。光源氏は「雨夜の品定め」で男達の語った「中の品」の女性との恋愛体験をなぞるように「恋」に引き込まれていった。しかしそのような恋は結局自分には似つかわしくないことであり、そのようなことをしたがゆえに自分は「をこがまし」き状況に陥りつつあるのだ、と彼は考える。そのように考えることによって、波線部（A）〜（C）のように、「諫め」を思い出したり、思いをしずめたり、思い返したりするのである。自分の行動が、似つかわしからぬ色恋沙汰として世間から非難されることが予想された時、彼の心には「をこがまし」という意識が生じる。その思いが（A）〜（C）のような自省・反省と結びついて、彼の気ままな恋が抑えられて行く過程は明らかだ。それは①〜⑤に見られるように、第一部前半、光源氏の若き日の「恋」特有の感情なのであった。

⑥のような、玉鬘への「恋心」にしても同様である。彼女は夕顔の忘れ形見であり、光源氏にとっては若き日の夕顔との恋を思い起こさせた、十代の恋の残像そのものであったのだ。そして、養女へ懸想する男のばかばかしさとい

う意識からも「をこがまし」という認識が導き出されている。光源氏においては、社会的な規範・常識から逸脱しそうな（あるいはしている）自分の状況に対して自制的な「をこがまし」という認識が浮かび上がってくるのである。

（2）柏木

次に柏木の例を見よう。彼の対自的な「をこがまし」の例はわずか二例と少ないが、彼の恋の様相を考える上ではやはり検討しておくべき語である。

①「いでや、をこがましきことも、えぞ聞こえさせぬや。いづ方につけても、あはれをば御覧じ過ぐすべくやはありけると、いよいよ恨めしさも添ひはべるかな。……」（藤袴巻、三・三四〇）

①は玉鬘が異母妹だと知った後の、彼女に対する発言である。地の文ではなく相手を意識する発言だけあって、やや自嘲気味にとったポーズと解される。玉鬘に対してはもう一人、夕霧が「をこがまし」という思いを発している。後に詳述するが、夕霧もまた玉鬘に思いを寄せる一人であった。それと知らず実姉に恋情を抱く柏木と、実の姉だと思いこんで恋情を抑えていた夕霧。玉鬘が実は光源氏の実子ではないことが明らかとなったとき、彼らの置かれた状況は逆転し、アイロニカルな印象をうける。ここでは「をこがまし」という言葉が、一対の鏡のように柏木と夕霧それぞれの立場を映し出しているといえる。玉鬘をめぐっては光源氏も、前項⑥で見たように「をこがましうもや」という危惧を抱いており、これは玉鬘物語の特質の一つと言えそうである。

では再び柏木に目を移そう。

② 「（猫というものは）さるわきまへ心もをさをさはべらぬものなれど、その中にも心賢きは、おのづから魂はべらむかし」など聞こえて、「まさるどもさぶらふめるを、これ（＝女三の宮の猫）はしばし賜りあづからむ」と申したまふ。心の中に、あながちにをこがましく、かつはおぼゆ。

（若菜下巻、四・一五八）

②の場面の前には、

かのありし猫をだに得てしがな、思ふこと語らふべくはあらねど、かたはらさびしき慰めにもなつけむ、と思ふに、もの狂ほしく、いかでかは盗み出でむと、それさへぞ難きことなりける。

（若菜下巻、四・一五五）

と語られていた。柏木は女三宮への執着ゆえに、猫を手に入れたいと「もの狂ほし」い程に望み、それを実現させてしまう。だが、そのような自分の行動は「無理矢理でばかばかしい」ことと一応は捉えられているものの、直後に「かつはおぼゆ」（一方では思われる）とあるように、その自己相対化の思いは彼の心の片隅にふと起こるだけなのであった。それ以上の思考の深まりはなく、反省や自制に結びつくこともない。その結果「をこがまし」くも、女三宮への禁忌の恋にのめり込んでいってしまうのである。光源氏の発する「をこがまし」が、反省と自制を呼び起こす認識であったのとは対照的であると言えよう。

（3）夕霧

続いて夕霧について見ていく。夕霧の五例の「をこがまし」の一つ目は、先に述べた通り、玉鬘をめぐる求婚譚の中に位置づけられるものであった。

①（夕霧、玉鬘に対し）「……まめやかには、いとかたじけなき筋を思ひ知りながら、えしづめはべらぬ心の中を、いかでか知ろしめさるべき。なかなか思し疎まんがわびしさに、いみじく籠めはべるを、今はた同じと思ひたまへわびてなむ。頭中将の気色は御覧じ知りきや。人の上に、など思ひはべりけん。身にてこそいとをこがましく、かつは思ひたまへ知られけれ。……」（藤袴巻、三・三三二〜三三三）

玉鬘が実姉ではなかったと知り、恋情を訴える夕霧の置かれている状況はそのまま、柏木の状況の裏返しであると言える。「いとかたじけなき筋」というのは、玉鬘は内侍督として出仕する事が決まっているため夕霧の思いが無駄であるという自覚を示すものである。「どうして他人事と思っていたのだろうか、我が身のこととなってようやく、ばかばかしいと一方では思い知られました。」という訴えには、多分に相手を意識し自嘲するポーズが含まれていよう。また「一方では」とあるように、あきらめきれない気持ちをもこの発言は含んでおり、この点先に見た柏木の思いと軌を一にしている。自省に結びつかないという点も同様である。

残る四例は、すべて夕霧巻に見られる。「まめ人の名をとりてさかしがりたまふ大将、この一条宮（＝落葉の宮）の御ありさまをなほあらまほしと心にとどめて……」（四・三八三）と語り始められるこの巻が、「まめ人」の恋をめぐる悲喜劇であることは周知の事実ではあるが、その中で夕霧はどのように「をこがまし」という思いを抱いているのかを見ていこう。

② （夕霧、落葉の宮に対し）「あさましや。事あり顔に分けはべらん朝露の思はむところよ。なほさらば思し知れよ。かうをこがましきさまを見えたてまつりて、かしこうすかしやりつと思し離れむこそ、その際は、心もえおさめあふまじう、知らぬ事々けしからぬ心づかひもならひはじむべう思ひたまへらるれ」

（夕霧巻、四・四一一）

③ 年ごろ人に違へる心ばせ人になりて、さまざまに情を見えたてまつるなごりなく、うちたゆめ、すきずきしきやうなるがいとほしう心恥づかしげなれば、おろかならず思ひ返しつつ、（D）かうあながちに従ひきこえても、後をこがましくやと、さまざまに思ひ乱れつつ出でたまふ。

（夕霧巻、四・四一二）

④ 御座の奥のすこし上がりたる所を、試みにひき上げたまへれば、これにさし挟みたまへるなりけりと、うれしうもをこがましうもおぼゆるに、うち笑みて見たまふに、かう心苦しきことなむありける。

（夕霧巻、四・四三二）

⑤ 心は空にて、かれ（＝落葉の宮）も、いとわが心をたてて強うものものしき人のけはひには見えたまはねど、（E）もしなほ本意ならぬことにて尼になども思ひなりたまひなば、をこがましうもあべいかな、と思ふに

（夕霧巻、四・四七四）

このうち④は、雲井の雁との関わりを考える必要があるが、手紙一つに振り回され嬉しいと思う一方でばかげてい

ると意識している。②は相手を意識した発話なので、先にも見たように自嘲のポーズを含む。③は唯々諾々と従う自分が後に馬鹿を見るのではないかとの危惧であるし、⑤は自分の思うようにならず彼女が尼になどなってしまわれたら、ばかばかしいことになるだろう、という危惧である。

夕霧の「をこがまし」という思いもまた光源氏の場合とは異なり、世間を思い憚る自制に結びつくものではなく、(D)・(E)のように、もっぱら落葉の宮ひとりを対象としている。夕霧も「後をこがましくや」「をこがましうもあべいかな」と、今後「をこがまし」い状況に陥って行きそうな自分を想定してはいる。この点では一見光源氏と同じように見える。しかし光源氏の場合は自らの行動の「をこがまし」さを抑制する方向に働いていたのに対し、夕霧の場合は行動を起こさない・「恋」が成就しないことを「をこがまし」いと感じているのであって、その「をこがまし」さを回避するためには実際に行動を起こし落葉の宮を妻にするしかない。

さらに、次の場面に注目したい。

かうのみ痴れがましうて、出で入らむもあやしければ、今日はとまりて、心のどかにおはす。かくさへひたぶるなるを、あさましと宮は思いて、いよいよ疎き御気色のまさるを、(夕霧は)をこがましき御心かなとかつはつらきもののあはれなり。

(夕霧巻、四・四八〇)

この場面では、夕霧は自らを「痴れがまし」と思う(3)一方で、落葉の宮の「いよいようとき御気色のまさる」のを見て「をこがましき御心かな」と非難する心さえも生じている。しかし当の落葉の宮は、夕霧のあまりに強引な振る舞いを「あさまし」と心中で非難しているのだから、それを窺い知ることもなく非難する夕霧の感情は、実に滑稽で的外れなものであろう。ここに至っては夕霧は「をこがまし」さを回避しようとしたにもかかわらず、彼の意図とは逆に「をこ」なる状況に陥るという、アイロニカルな場面となっている。

このように、「をこがまし」き状況を想定するという点では光源氏と同じように見えても、夕霧の「をこがまし」は反省や自制に結びつくものではない。さらに夕霧は「をこがまし」を解消しようとした結果、逆に落葉の宮という「座標軸」によって彼の「をこ」なる姿を露呈している。つまり、彼の「をこがまし」という意識は、結果として彼の「をこ」なるありようを浮き彫りにしているといえよう。

（4）薫

さて本章始めに既に述べたとおり、『源氏物語』において対自的な「をこがまし」の用例が最も多いのは薫である。この事実だけでも、「をこがまし」が薫の重要な心的傾向を特徴づける要素であることは容易に想像されよう。以下、一つ一つ見ていきたい。

①　ここもとに几帳をそへ立てたる、あな口惜しと思ひてひき帰るをりしも、風の簾をいたう吹き上ぐべかめれば、「あらはにもこそあれ。その御几帳押し出でてこそ」と言ふ人あなり。をこがましきもののうれしうて、見たまへば　（椎本巻、五・二一六〜二一七）

この場面での「をこがまし」の例は新全集『源氏物語』頭注では「女房の間の抜けた処置」とされているが、やはり薫の自戒とみるのが妥当であろう。八の宮の姫君たちの姿を見ることができるかもしれない、と薫は思ったが、几帳が邪魔で見えず、残念に思っていたところへ、偶然風が吹いて簾が巻き上げられ、几帳の位置がずらされることになった。これで姫君たちを見ることができる、と一喜一憂する自分の姿は、他人から見ればみっともなかろう、と思う意識が働く。だがその次の瞬間、「ものの」という逆接の文脈によって、「うれしうて」という気持ちが先に立ってしまい、垣間見に至るのである。

② かくほどもなき物の隔てばかりを障りどころにて、おぼつかなく思ひつつ過ぐす心おそさの、あまりをこがましくもあるかなと思ひつづけらるれど、つれなくて、おほかたの世の中のことども、あはれにもをかしくも、さまざま聞きどころ多く語らひきこえたまふ。（総角巻、五・一二三）

自分と大君との間には「ほどもなき物の隔て」しかないにもかかわらず、薫は行動を起こせない。彼はそのような自分の「心おそさ」を「をこがまし」と「思いつづけ」ながらも、何気ない様子であれこれと話をするだけである。①と同様、②の「をこがまし」という思いは、「思ひつづけらるれど」という逆接の文脈によって薫の心中で反芻されるだけで、実際の行動には結びつかない。後日彼が意を決して大君へ接近したとき、大君は薫から逃れ、次の③の場面となる。

③ 弁はあなたに参りて、あさましかりける（大君の）御心強さを聞きあらはして、いとあまり深く、人憎かりけることと、（薫を）いとほしく思ひほれゐたり。（薫、弁の君に対し）「来し方のつらさはなほ残りある心地して、よろづに思ひ慰めつるを、今宵なむ（F）まことに恥づかしく、身も投げつべき心地する。……宮（＝匂宮）など

の恥づかしげなく聞こえたまふめるを、同じくは心高くと思ふ方ぞことにものしたまふらんと心得はてつれば、いとことわりに（G）恥づかしくて、また、参りて人々に見えたてまつらむこともねたくなむ。よし、かくをこがましき身の上、また、人にだに漏らしたまふな」と怨じおきて、例よりも急ぎ出でたまひぬ。

（総角、五・二五五〜二五六）

大君のあきれるばかりの心強さを思い、薫にはお気の毒と見る弁の君に対し、薫は大君に避けられた自分を愚か者と思うであろうと、先回りして自嘲するポーズを見せている。それは、女に逃げられたという、（F）（今夜こそは本当に恥ずかしく、身も投げてしまった方がよいような気持ちだ）・（G）（同じことなら志高く宮様の方になびこうという御心が特におありだと承知しまして、本当にもっともなことだと恥ずかしくて）の「恥づかし」さに由来するのであった。結局このあとも薫は大君と結ばれることはない。

この後、薫の思いは中の君へと向かう。しかし彼女は既に匂宮の「妻」となっていた。しかもそれは他ならぬ薫自身の手引きによるのだった。

④　わがあまり異様なるぞや、さるべき契りやありけむ……思へば、悔しくもありけるかな、いづれもわがものにて見たてまつらむに、咎むべき人もなしかし、ととり返すものならねど、をこがましく心ひとつに思ひ乱れたまふ。

（総角巻、五・三〇二）

⑤　（匂宮が中の君を）いみじう御心に入りてもてなしたまふなるを聞きたまふにも、かつはうれしきものから、さすがに、わが心ながらをこがましく、胸うちつぶれて、「ものにもがなや」と、かへすがへす独りごたれて

⑥「……心から、悲しきことも、をこがましく悔しきもの思ひをも、かたがたに安からず思ひはべるこそいとあいなけれ。……」（早蕨巻、五・三六五）（宿木巻、五・三九四）

薫は④で初めて、大君・中の君のどちらも自分のものにするのをとがめる人もなかっただろうに、二人とも失ってしまったことを「悔しく」思うのだが、やはり、言っても取り返しのつかないことをいつまでも一心にばかばかしく思い悩むだけなのである。しかもその「をこがまし」という認識自体はそれ以上追求されることのないまま、「心ひとつに思ひ乱れたまふ」として叙述は締めくくられてしまう。

⑤も、できることなら取り返したいという後悔であり、中の君を匂宮に渡してしまったのは自分の心の招来したことであるのもわかっていて、なおかつそれが馬鹿げたことだと考えている。「一方ではうれしいものの」という逆接の文脈によって、中の君の後見として当然あるべき「うれし」という思いはそれとして、依然、中の君が自分のものであったならという思いが生じてしまう薫の心的傾向が、端的に示されている。

⑥では「悲しきこと」すなわち大君と結ばれぬまま彼女がこの世を去ってしまったことと、「をこがましく悔しきもの思ひ」、すなわち中の君を他の男のものにしてしまったことが、どちらも自分の心から安からぬ物思いとして並立するものと認識されている。この「をこがまし」もまた、中の君を手にし得なかった愚かさを意味し、④と同様に「悔し」と共に浮かび上がるという点で④⑤の延長線上にあるといえる。④・⑤・⑥は結局、③で「をこがまし」と認識されていた薫の大君に対する「心おそさ」が、中の君に対しても働いていたことに由来する。

⑦　見咎むる人もやあらんとわづらはしきも、女の御ためのいとほしきぞかし。なやましげに聞きわたる御心地はことわりなりけり、いと恥づかしと思したりつる腰のしるしに、多くは心苦しくおぼえてやみぬるかな、例のをこがましの心や、と思へど
（宿木巻、五・四二九）

⑦では、中の君に接近しながらも結局は何事もなく出ていく薫に対して、「わづらはしきも、女の御ためのいとほしきぞかし」として、語り手側から薫の気持ちを代弁する地の文が付されている。薫自身の心内語によれば、中の君が懐妊中であることがその原因だったというのだが、「多くは」それが原因だ、としており、それ以外にも「やみぬる」理由がある事がうかがえる。その理由こそが、女性に接近しつつも手にすることができない「例のをこがましの心」なのである。「例の」という語によって、それがすでに薫の女性に対するお定まりとなってしまっていることが示されている。しかしこの心内語に先立つ地の文の弁解によって、そのような薫の姿を理想的なものとして定位しようとする、物語の「意図」が読み取れる。そうすることで、先に見た夕霧の物語のような「をこ話」になってしまう事を回避することになる。

⑤で「ものにもがなや」と「かへすがへす」後悔していた薫が、⑦では中の君に対し行動を起こしたが、やはり思いは果たされぬままに終わる。この一件もまた、再び薫の後悔の中へからめ取られていく。

⑧　中納言の君は、かく、宮の籠りおはするを聞くにも、心やましくおぼゆれど、わりなしや、これはわが心のをこがましくあしきぞかし、うしろやすくと思ひそめてしあたりのことを、かくは思ふべしや、と（H）強ひてぞ思ひ返して、さは言へどえ思し棄てざめりかし、と（I）うれしくもあり
（宿木巻、五・四三八）

薫は「心やまし」と思う一方で、既に他の男のものとなった中の君に執着する「わが心」を「をこがましくあしき」心とみなし、自制しようとしている。しかしその自制は（H）「強ひてぞ思ひ返し」てこそ出てきたものであって、自然と生じたものではない。その結果、そのような自らの「をこがましさ」を意識していながら、「そうは言っても自分を思い捨てることはできまい」という逆接の文脈によって、「うれしくもあり」（I）というもう一方の「うれしさ」が浮上してくる。このように、逆接によってたどられる（H）から（I）へと屈折する思考の中で、「をこがまし」という思いは見失われてゆく。その意味では薫の「をこがまし」という認識はやはりそれ以上の深まりを見せず、反省・自制とは結びついていないのである。

このような後悔の中で浮舟が登場する。薫は大君に似ていると聞いた浮舟を密かに迎え取るべく行動を起こすのであるが、次の⑨・⑩のように突然の申し出に警戒されぬよう気を配り、かつ中の君に対しても軽々しく見られぬよう意識して振る舞っている。

⑨（薫、中の君に対し）「さらば、その客人に、かかる心の願ひ年経ぬるを、うちつけになど浅う思ひなすまじうのたまはせ知らせたまひて、はしたなげなるまじうはこそ。いとうひうひしうならひにてはべる身は、何ごともをこがましきまでなん」と、語らひきこえおきて出でたまひぬるに（東屋巻、六・五四）

⑩（薫、弁の尼に）「明後日ばかり車奉らん。その旅の所尋ねおきたまへ。ゆめ、をこがましうひがわざすまじくを」と、ほほ笑みてのたまへば（東屋巻、六・八七）

どちらも聞き手を意識した発話中の例であることに注意したい。大君の身代わりを得たいという「心の願い」が「年経ぬる」ことは事実であり、薫は浮舟を大君の「形代」として隠し据えようとする。⑩では「人のもの言い」を気にしながらも「形代」を求めずにはいられない薫は、⑨では周囲に対して自らを「をこがまし」と卑下し、愚かにも間違ったことはするはずがないと「ほほ笑んで」みせることで、予想される「人のもの言い」を先回りし回避しようとしている。

⑪　荻の葉に露ふきむすぶ秋風も夕ぞわきて身にはしみける

と（女一宮へ贈る絵に）書きても添へまほしく思せど、さやうなるつゆばかりの気色にても漏りたらば、いとわづらはしげなる世なれば、はかなきことも、えほのめかし出づまじ。かくよろづに何やかやと、ものを思ひのはては、昔の人（＝大君）ものしたまはましかば、いかにもいかにも外ざまに心を分けましや。時の帝の御むすめを賜ふとも、得たてまつらざらまし。また、さ思ふ人ありと聞こしめしながらは、かかる事もなからましを、なほ心憂く、わが心乱りたまひける橋姫かな、と思ひあまりては、また宮の上（＝中の君）にとりかかりて、恋しうもつらくも、わりなきことぞ、をこがましきまで悔しき。これに思ひわびてさしつぎには、あさましくて亡せにし人（＝浮舟）の、いと心幼く、とどこほるところなかりける軽々しさをば思ひながら、さすがにいみじと、ものを思ひ入りけんほど、わが気色例ならずと、心の鬼に嘆き沈みてゐたりけんありさまを聞きたまひしも、思ひ出でられつつ、重りかなる方ならで、ただ心やすくらうたき語らひ人にてあらせむと思ひしには、いとらうたかりし人を。思ひもていけば、宮をも思ひきこえじ、女をもうしと思はじ、ただわがありさまの世づかぬ怠りぞなど、ながめ入りたまふ時々多かり。

（蜻蛉巻、六・二五九～二六一）

⑫　我も、また、はじめよりありしさまの事聞こえそめざりしかば。聞きて後もなほをこがましき心地して、人にすべて漏らさぬを、なかなかほかには聞こゆることもあらむかし、現の人々の中に忍ぶることだに、隠れある世の中かは、など思ひ入りて

（手習巻、六・三六五）

残る二例のうち⑫は、浮舟失踪後一年が過ぎて一周忌の法要も行った後で浮舟が実は生きていると聞いた後の、いささか肩すかしをくったような薫の心境である。

問題は⑪の方なのだが、女一宮・女二宮から大君・中の君、そして浮舟へと思いが移ってゆき、薫の「恋」に関わる女性全てが語られており、この場面における薫の思考は彼自身の人生を総括するものだといえる。女二宮という妻がありながら女一宮への思慕を持て余す薫だが、あれこれと思いをめぐらせた末、薫の思考は今は亡き大君へ向かう。二重傍線の反実仮想の連続によって、薫はこのような現状に至った原因を大君の死に求めようとする。その、大君の死を思う思考は、必然的に大君の「ゆかり」である中の君への思いを呼び起こすのである。中の君をめぐる薫の思考は「恋しうもつらくも、わりなきことぞ、をこがましきまで悔しき」として総括されている。ここに至ってもまだ薫は「をこがまし」という思いの中に留まっているのである。

「をこがましきまで悔しき」という薫の後悔は、それがもはや取り返しのつかぬことであることを、一方では自覚しているからこその認識なのであろう。しかし、薫の「をこがまし」という思いも後悔も、破線部に見られるように、「ただわがありさまの世づかぬ怠り」に全ての原因があるのだ、という自己規定に取り込まれてゆく。女の側には何の責任もない、世間一般の男女の仲に染まぬ自分のありようゆえなのだ、という思考は一見女に対し非常に思いやりあるもののようだが、これまでにも薫はそのような自分を「をこがまし」と意識していながらそれを放置してきたと

いう事実を考えれば、これは自己のありようを容認した一種の開き直りに近い。

ここで（1）で見た光源氏の例を思い起こしたい。薫の、他者に対する自嘲のポーズとしての例⑨・⑩は光源氏的といえなくもない。が、前に見たように、光源氏が感じていた「をこがまし」という思いは、いわば若き日の品劣る女との軽々しい「恋」にまつわるものであったが、彼はその「をこがまし」さを我が身に引き受け、世間の目、他者の視線を慮りつつ一つ一つ事態を収束させていった。薫の場合はといえば、大君への思いも中の君への思いも、彼にとっては身分や立場、現世利益を超えた一人の男としての真剣な感情であったはずだ。ところが彼は「をこがまし」という思いを繰り返し抱きながら、それに対する判断を保留したまま、後悔の念にさいなまれ続けるのである。薫の「をこがまし」という認識の内実は明らかに光源氏のそれとは異なっている。

一方、薫の例①は柏木の例②や夕霧の例④に見られたような、ある種のみっともなさを示しており、また女に対してなかなか行動を起こせないことから「をこがまし」という意識が生じるという点では、夕霧の例②・③・⑤を受け継いでいるといえそうだ。しかし、両者を截然と分かつのは、「をこがまし」き状況を良くも悪くも回避しようとする行動力が夕霧にはあるが、薫には無いということであり、また薫の例⑦の場面に見られたような、相手の女へ対する配慮という一種の理想性を付与する評言が、夕霧に対しては無いということである。つまり、薫の「をこがまし」という自己認識は、その思いを呼び起こす自分の現状そのものに対する評価は保留されたままであるのみならず、状況を打開する具体的な行動を貫徹する原動力ともなり得ないという点で、夕霧とも異なるものなのであった。

本節では『源氏物語』における「をこがまし」という表現を辿り概観してきた。薫の「をこがまし」という認識は、柏木や夕霧のそれを一面では継承しつつ、それにも増して、柏木とも夕霧とも異なる薫独自の恋のありようを示していたことが分かる。光源氏が、「をこがまし」という意識と自制・反省に基づく事態の収束とが結びつくという動きを見せている点で独自の位置にあることも、あらためて確認できたかと思う。

結

以上、『寝覚』の帝の「をこがまし」という認識を手掛かりに、『源氏』における「をこがまし」という認識を通して、それぞれの男たちの「恋」のありようを見てきた。ここであらためて寝覚の帝の「をこがまし」に立ち戻ってみよう。

寝覚の帝の「をこがまし」という認識は、寝覚の上に「単衣の関」まで迫っていながらついに逃がしてしまったことに由来しており、また、再三の手紙にも一行の返事すら無いのに、期待をかけていたとはお笑い種であった、という思いであり、かつ、至尊の帝ともあろう自分がたった一人の、しかも、皇族の血をひくとはいえ臣下である太政大臣の女、故関白の未亡人に執着し翻弄されているという意識に基づいているのであった。そして帝は、「をこがまし」と幾度も思いつつも寝覚の上を諦めることができず、手紙を贈り続ける。「をこがまし」という認識は行動の抑制・自制に結びつかず、かといってその意識を振り切ることもできない。このような寝覚の帝の心的傾向は、まさしく『源氏物語』の薫のそれときわめて近しい。それは、帝の例⑪に見たような思考の屈折に、最も端的に表れているといえよう。

寝覚の帝の「をこがまし」という認識は、女を手にし得ぬが故の「をこがまし」さであり、また自分の心をおさめることがないという点で、光源氏的な心情とは異なる。女を手にし得ないということだけを見れば夕霧と似ているようだが、では帝の「をこがまし」の原点は夕霧なのかといえば、それも当たらない。『夜の寝覚』の帝は、『源氏物語』の薫の「をこがまし」という認識を「継承」する人物として特徴づけられていることが、物語表現からは読みとれるのである。

本章では「をこがまし」という表現に注目し、『夜の寝覚』の帝の人物造型の〈系譜〉上の位置づけを試みた。しかしこれで寝覚の帝の造型の全てを明らかにしたというわけではない。いわゆる〈帝闖入〉事件における帝の思考と行動の表現のなかに、『夜の寝覚』の帝という人物を解き明かすもう一つの鍵があるのだが、その考察は次章に譲る。

注

(1) 〔寝覚の上の身の潔白を聞き〕「……今より後こそあらめ、昨夜までは、女の怠りなべいことにはあらずかし」と、をこがましけれど、「宣旨の君も、まことにはあらむことをば、歯にも触れず、いとかく、うしろむべきにもあらず」と、心ざしのひくかたに思ひなすに、この人（＝宣旨の君）のをこがましく見む所も憚られず、涙ぐまれぬべきを、念じて、「かう問ひきこえつとも、な漏らいたまひそ。あいなし」と、口固めて　（三・三〇三）

男主人公もまた、帝の〈闖入〉によって「をこがまし」という思いを引き出されているのだが、寝覚の上ゆえに感じる我が身の「をこがまし」という認識はこの場面のはじめの一例のみであり、帝への用例集中には及ばない。

(2) 「平安文学語意考証（其二）―をこがまし・さるは・ものは―」（「平安文学研究」十七輯、一九五五・五）。なおこの他、「をこがまし」と「をこ」について考察したものに、保科恵氏「類義語彙語義考証稿―「をこ」と「をこがまし」と―」（「解釈」第四〇巻第三号、一九九四・三）がある。

(3) 夕霧においては「をこがまし」とともに「痴れがまし」も重要な言葉であり、彼の心的傾向を大きく特徴づけている。別稿を期したい。

第三章　〈帝闖入〉事件の表現構造——帝像の変容をめぐって

一　〈帝闖入〉事件——帝の視線から

『夜の寝覚』のいわゆる〈帝闖入〉事件が、この物語において重要なものであることについては動かないが、従来その重要性は主として二つの側面から論じられてきた。その一つは、帝の接近によって、寝覚の上が内大臣へ対する自分の本当の思いに気付いたという点で、心理の掘り下げによる物語表現の方法的達成を評価すること。そしてもう一つは、帝が彼女を逃したことによって、以後彼女が帝の執心と内大臣の嫉妬とに悩まされることになったという点で、物語の構想上への影響の大きさを評価することである。

さらにつけ加えるなら、寝覚の上が帝を拒み通したということは、野口元大氏が述べたように、「彼女を決定的な汚濁の中におくことを回避し(1)」たのであり、そう表現されたことで、主人公としての彼女の理想性がかろうじて保証されていることにもなろう。このように見てみると、〈帝闖入〉事件がこれまで寝覚の上の側の問題に収斂される形で論じられてきたのは、ごく当然ともいえるかもしれない。そもそも「闖入＝突然侵入する」ということば自体が、女主人公の側から見た判断・評価を含む表現としてとらえているのを露呈していることからも、そのような読みが固定化していることを表していよう。

とはいえ、第一点目にあげた心理描写の掘り下げ以外の表現方法については、未だ明らかにされてはいない。たしかに、これまでにも『夜の寝覚』と『源氏物語』との表現面での比較考察は数多くなされており、〈帝闖入〉の場面も例外ではなかった。(2)が、これらの考察は同趣向の場面における描写や登場人物の心理の類似の指摘にとどまるものであり、不意に侵入した男を拒否する女の側の表現に重きを置いたものなのである。しかし、この〈帝闖入〉事件、ひいては『夜の寝覚』を論じる際、〈帝闖入〉という事件のもう一人の主役である帝をめぐる物語表現そのものの問題は見過ごせない。

むろん、帝が寝覚の上を逃してしまったのは、寝覚の上の強い拒否のためであった。しかし一見当たり前のように思われるこの事実を、帝という人物のもつ「機能」の問題として捉え直してみると、寝覚の上の心理の掘り下げと理想性保持のためには、帝はそのようにしか造型され得なかったのだとはいえまいか。換言すれば、〈闖入〉によって帝が果たした機能とは、寝覚の上に男主人公への自らの思いの深さを知らしめたことであり、同時に、野口氏も言うように（注1に同じ）、実事に至らなかったことによって寝覚の上の身の潔白を保持し、彼女の心強さを印象づけ理想性を保証することに他ならない。事実、前章で既に指摘した通り、この物語において帝をめぐる表現は実に周到に選び取られているように読めるのである。

そこで、帝をめぐる表現に改めて注目してみると、この〈闖入〉場面での、寝覚の上に対する一連の帝の言動と思考、いわば「口説き」は、寝覚の上の拒否に呼応するように変化していることに気づく。この事実は注目に値するものであり、これまで見過ごされてきた、帝をめぐるもう一つの表現「方法」を解き明かすための糸口なのである。すなわち、寝覚の上という人物に顕著な心理描写とはまた別の、『夜の寝覚』のもう一つの表現のあり方が、〈帝闖入〉場面における帝をめぐる表現を通して、改めて見えてくるということなのだ。

このような観点から、本章では〈帝闖入〉場面がどのような物語表現によって成り立っているかという問題について、帝の「口説き」を中心に検証する。それは必然的に、寝覚の帝像の解明と表裏一体のものだといえるはずである。

二　〈闖入〉始発時の帝――柏木から

〈闖入〉始発時の帝は『源氏物語』の柏木であった、と言おう。いささか唐突に聞こえるかもしれないが、これは決して的外れな見立てではない。試しに二人の〈闖入〉（あるいは〈密通〉）に至るまでの経過と動機とを見比べてみよう。〈闖入〉に先立って帝は寝覚の上を垣間見しており、その後、

ど

「いかでこの人に、いとかくくだけきと、また心のうちをだにつぶつぶと、言ひ知らせて、気色をも見ばや。……」とのみ、つゆまどろまず、おぼし明かされて、「見き」とばかりの気色も、ほのめかさせたまはまほしけれど

（二六〇）

という願望を抱いていた。恋しい人に私の思いを伝えたい。私はあなたの姿を見たのです、と伝えたい。そうしたらあの人は何と言うだろうか――この願いはそのまま、若菜下巻の柏木の願いに通じるものなのである。

ただ、いとほのかに、御衣のつまばかりを見たてまつりし春の夕の飽かず世とともに思ひ出でられたまふ御ありさまをすこしけ近くて見たてまつり、思ふことをも聞こえ知らせてば、一行の御返りなどもや見せたまふ、あは

れとや思し知るとぞ思ひける。（若菜下巻、四・二二二〜二二三）

垣間見の折に目にした女の姿をもう一度、今度は間近で見たい、この苦しい胸の内を訴えたいという思いの高まりが、二人の男を〈闖入〉させるのである。（柏木と女三宮との〈密通〉の状況は、女性の側から見ればまさに〈闖入〉に他なるまい。）

「あな心憂。こは、いとかうものおぼし知るまじきほどかは。憂き我からは、かくこそ児になりかへりたまふ人もありけれ」（二七〇〜二七一）

寝覚の帝の「口説き」はこのように始まる。しかし、寝覚の上の恐れおののく様子が余りにひどいのを見て、帝は寝覚の上をなだめにかかる。

「しばしこしらへて、心をのどめさせむ」と、（帝は）おぼしめせば、あながちに、様悪しうももてなさせたまはで、「まことに、①我が身思ひ知られ、（A）心憂く。若々しき御心かな。②昔より、思ふ心をむなしうないて、年ごろを経て、思ひわたるさま、③故大臣、親しかるべき人といふなかにも、幼くより、分きて親しうならひ思ひて、御事を限りなく思ひけるままに、『亡からむ後、必ず尋ね知りきこえよ』と、心苦しかりける女どものあまたありけるをば、さも言はず、ただ御事をのみいみじう。折々のことも聞こえ出で、恋しき昔の形見とも思ひて、渡るたびごとに消息きこゆれ。……①身のおぼえ、片端に、いみじく屈じ卑下せられて、かくてものしたまふほど、②昔よりの心のうちを、あはれとも、心憂しとも、きこえ知らせむとて、こなたに渡り参りたまふと聞きて、『よき隙ななり』と、うち忍び参り来つるを、いと憂くも怖ぢ惑ひたまへるかな。ことわりなれど、また、いとかばかりには、などてか。④契り遠くものしたまふと見てしかば、世の許しあるまじき今しも、⑤残りなく情なき心を見えたてまつらむとは、思ひも寄らぬものを。いかにひたぶるなる人のもてなしに、思ひならひたまひにける（B）御心ときめきこそ、なかなか浅けれ。（C）よし、心みたまへ、げにや御心よりほかに見えたてまつりけると。ただ心を鎮めて、きこえむことをよく聞きたまひて、⑥『げに、あはれ』とも、また『にくし』とも、一言答へたまへ。ただ人や、人の心許さぬ振舞をも押し立つらむ、いとかく所狭き身は、人の進み参り、もしは上りなどするを、待ちかけつつのみ見るものと、ならひにたれば、（D）御心許されぬ乱れは、よもせじとよ」と、いとのどやかに、恥づかしげに、情なき乱れはせさせたまはぬに

（二七一～二七三）

この帝の初めの「口説き」は、次に挙げる柏木と女三宮の密通場面に酷似している。

（柏木）「（1）数ならねど、いとかうしも思しめさるべき身とは、思ひたまへられずなむ。（2）昔よりおほけなき心のはべりしを、ひたぶるに籠めてやみはべりなましかば、心の中に朽して過ぎぬべかりけるを、なかなか漏し聞こえさせて、（3）院にも聞こしめされしを、こよなくもて離れてものたまはせざりけるに、頼みをかけそめはべりて、（1）身の数ならぬ一際に、（2）人より深き心ざしをむなしくなしはべりぬることと動かしはべりにし心なむ、（4）よろづ今はかひなきことと思ひたまへ返せど、（2）いかばかりしみはべりにけるにか、年月にそへて、口惜しくも、つらくも、むくつけくも、あはれにも、いろいろに深く思ひたまへまさるにせきかねて、

かくおほけなきさまを御覧ぜられぬるも、（5）かつはいと思ひやりなく恥づかしければ、罪重き心もさらにはべるまじ」と言ひもてゆくに、この人なりけりと（女三の宮は）思すに、いとめざましく恐ろしくて、つゆ答へもしたまはず。（柏木）「いとことわりなれど、世に例なきことにもはべらぬを、めづらかに情なき御心ばへならば、いと心憂くて、なかなかひたぶるなる心もこそつきはべれ。（6）あはれとだにのたまはせば、それをうけたまはりてまかでなむ」とよろづに聞こえたまふ。

（若菜下巻、四・二二四～二二五）

この二つの場面に①～⑥及び（1）～（6）の傍線を付した。それぞれ対応する番号の関係を順を追って見てゆこう。

まず一点目として、寝覚の帝と柏木にはそれぞれの〈身の程意識〉が見られる。むろん柏木が「数ならねど」「数ならぬ」というのは、皇女に対し臣下である自分の身分を卑下する意識の表れであるのだが、「こうまであなたがお思いになられるような者とは思われません」とも言っている（1）。つまり、身分は低いがこうまで疎まれるのは心外だというのである。一方、帝の方では、誰はばかることもないはずの最高権威者であるにもかかわらず、寝覚の上に相手にもされぬ自分を卑下しているのだと訴えている（①）。これは柏木の訴えとちょうど逆の発想といえ、男の身分と相手の女の身分との逆転に注意しておきたい。

ついで第二点目は、両者共に、相手の女に対するかねてからの思いを告白していることである（②・（2））。この部分は前に見た〈闖入〉の動機に対応する。相手の女が他の男のものになってしまったことで、自分の相手に対する思いが無駄になってしまったが、なお諦めきれない思いを抱いていることを知ってもらいたい、という願いを訴えているわけである。

第三点目は、そもそも自分は相手の女性の後見人からも退けられてはいない、と述べ、自分の訴えは的外れなものではないのだ、とする自己正当化であり③・(3)、第四点目は、「今となってはあなたは他の男のものとなってしまった、自分とは縁の無かった人なのだと思っている」④・(4)という諦めの表明である。そして第五点目では、その表明に加えて、「自分はもうあなたのことを諦めているから、今更大それた事は考えてもいない」⑤・(5)と相手を安心させ落ちつかせようとする。

第六点目は、相手の女に対する「あはれ」の要求である。帝も柏木も共に相手からの「あはれ」の一言を待っている。この「あはれ」を求める思いは、後にもそれぞれ繰り返され、二人の心情をつなぎ合わせる言葉となっているのである。

〈寝覚の帝〉・「……つゆばかりも、あはれとおぼし知る気色もなきが、憂くあさましきこと」（二七九）

・「……『いみじ』とも、『あはれあり、情けあり』とおぼさるべきにも、あらざめり。……」（二八〇）

〈柏木〉「……すこし思ひのどめよと思されば、あはれとだにのたまはせよ」（若菜下巻、四・二二八）

このように、帝と柏木の「口説き」の内容は六点にわたり一致し、かつ出てくる順序もほぼ同じであるばかりか、行動の動機にも通じるものがあったことが確認される。帝の〈闖入〉と柏木の〈密通〉の共通点はこれだけではない。それぞれの場面の導入部における、女の描写を見てみよう。

・〔寝覚の上〕汗になりて、水のやうにわななきたる気色　（三一二）
・〔女三の宮〕わななきたまふさま、水のやうに汗も流れて、ものもおぼえたまはぬ気色（若菜下巻、四・二二四）

このように、語の順序の差こそあれ、突然の侵入者におののく女の様子をどちらもほぼ同じ語によって表現している。寝覚の上を描写したこの表現からは、柏木と女三宮の〈密通〉がただちに想起される仕組みになっているのであり、『夜の寝覚』の〈帝闖入〉が柏木の〈密通〉をなぞる形で始まっていることを示す導入的な表現になっているのである。

これらのことから、〈闖入〉の始発において帝はまさに柏木の〈密通〉を再現していることが確認されよう。至尊の帝が臣下の未亡人のもとに〈闖入〉し、その表現が臣下の男と皇女との〈密通〉に重ね合わせられる。この一見奇妙な逆転の構図は何を意味するのか。寝覚の上が帝より優位に立つ理由は、彼女を主人公たらしめている、かの「天人予言」と秘曲伝授に他ならないが、第一章に述べたように、地上の最高権威者たる帝ですら寝覚の上の理解者とはなりえない。物語は彼女をこの絶対的な「孤独」の中で主人公として存立させているのである。寝覚の上を物語の最高位に据えようとし続ける『夜の寝覚』の表現は、〈帝闖入〉事件においても貫かれているのだといえよう。

〈帝闖入〉事件の始発においては、帝は柏木であった。とすると寝覚の上もまた、女三宮と同じように男の手に落ちてしまうのだろうか。想起された〈密通〉はしかし、実際には再現されず、帝は寝覚の上を手放してしまう。それはどのような表現によって可能となったのだろうか。

三　〈闖入〉に挫折する帝――夕霧から

前に挙げた〈闖入〉の場面の考察において、あえてふれずに残していた箇所がある。傍線部A～Dがそれなのだが、これらの表現に対応し結びつくものはあるだろうか。前節で女のおののきの描写が『夜の寝覚』と『源氏物語』若菜下巻とで一致することを指摘したが、実は『源氏物語』には他にも同様の表現が見られるのである。それは次に挙げる夕霧巻の一場面である。

（夕霧は落葉の宮を）いとようたどりて、ひきとどめたてまつりつ。御身は入りはてたまへれど、御衣の裾の残りて、障子はあなたより鎖すべき方なかりければ、ひき閉てさして、水のやうにわななきおはす。（夕霧巻、四・四〇五）

男の不意の侵入に「水のやうにわなな」く女がここにも存在していた。柏木の女三宮への〈闖入〉の再現とも受け取れるこの表現に導かれるように、男は彼女を前にしてこのような「口説き」を展開する。

・（夕霧）「かばかりにてさぶらはむが、人よりけに疎ましう、めざましう思さるべきにやは。（Ⅰ）数ならぬとも、御耳馴れぬる年月も重なりぬらむ」とて、いとのどやかにさまよくもてしづめて、思ふことを聞こえ知らせたまふ。……「（a）いと心憂く若々しき御さまかな。人知れぬ心にあまりぬるすきずきしき罪ばかりこそはべらめ、

（d）これより馴れ過ぎたることは、さらに御心ゆるされでは御覧ぜられじ。いかばかり千々に砕けはべる思ひにたへぬぞや。さりともおのづから御覧じ知るふしもはべらんものを、強ひておぼめかしう、け疎うもてなさせたまふめれば、聞こえさせん方なさに、いかがはせむ、心地なく憎しと思さるとも、（Ⅱ）かうながら朽ちぬべき愁へを、さだかに聞こえ知らせはべらんとばかりなり。いひ知らぬ御気色のつらきものから、いとかたじけなければ」とて、（d）あながちに情深う用意したまへり。（夕霧巻、四・四〇六〜四〇七）

・「（b）なほかう思し知らぬ御ありさまこそ、かへりては浅う御心のほど知らるれ。（夕霧巻、四・四〇八）

・心強うもてなしたまへど、（夕霧は落葉の宮を）はかなう引き寄せたてまつりて、「（c）かばかりたぐひなき心ざしを御覧じ知りて、心やすうもてなしたまへ。（d）御ゆるしあらでは、さらにさらに」といとけざやかに聞こえたまふほど、明け方近うなりにけり。（夕霧巻、四・四〇九〜四一〇）

前に挙げた帝と柏木の「口説き」の発想の六つの共通点の内、（Ⅰ）・（Ⅱ）は夕霧にも見られるものである。それを確認した上で、柏木には見られなかった要素を確認してゆく。

まず、相手の女性の心惑いのさまを「心憂く、若々しき」と言い（A・a）、また「そのような惑乱ぶりでは返ってお心の浅さが窺われる」と非難する（B・b）。しかし「私の心持ちを御覧下さい、何も心配はありません」と女をなだめ（C・c）、「あなたがお心を許して下さらないなら、あなたのお気持ちに反するようなことはいたしません」と自らの行動を制約してしまう（D・d）。帝も夕霧も、自分自身のことばに縛られて、相手の女に手出しできなくなるのである。

このように、夕霧の「口説き」自体が柏木の「口説き」の延長上にあるのだが、柏木として語り始められていた寝覚の帝の「口説き」には、実は夕霧の「口説き」が少しずつ入り込んでいる。すなわち、〈帝闖入〉場面の始めにおける帝は、いわば柏木と夕霧とを混ぜ合わせたような人物として表現されているのだった。

しかし、柏木の「口説き」との重ね合わせによって想起された〈密通〉の可能性は、夕霧の「口説き」によって完全に回避されたわけではない。なぜなら、夕霧はついには落葉の宮を「妻」とするからだ。寝覚の上が帝の手に落ちる可能性はまだ排除されてはいない。にもかかわらず、寝覚の上が帝の手から逃れ得たのは何故か。

四　「事件」の終結――薫から

ここで注目すべきは、『源氏物語』宿木巻において宇治の中の君に迫る薫の「口説き」である。

（宇治の中の君）「思ひの外なりける御心のほどかな。人の思ふらんことよ。あさまし」とあばめて、泣きぬべき気色なる、すこしはことわりなればいとほしけれど、（薫）「これは咎あるばかりのことかは。かばかりの対面は、いにしへをも思し出でよかし。（Ⅲ）過ぎにし人の御ゆるしもありしものを。（B）いとこよなく思しけるこそ、なかなかうたてあれ。（C）すきずきしくめざましき心はあらじと、心やすく思ほせ」とて、いとのどやかにはもてなしたまへれど、月ごろ、悔しと思ひわたる心の中の苦しきまでなりゆくさまをつくづくと言ひつづけたまひて、ゆるすべき気色にもあらぬに、せん方なく、いみじとも世の常なり。（宿木巻、五・四二七～四二八）

『源氏物語』との前後関係を措けば、一見これは、既に見た〈闖入〉始発における帝の「口説き」の要約ではないかと思われるほどである。薫の「これは咎あるばかりのことかは」という言葉は、帝の「こは、いとかうもの思し知るまじきほどかは」という言葉に対応している。以下、相手の保護者を引き合いにした自己正当化（Ⅲ）、相手の惑乱に対する非難（B）、自分の心ばえを見て安心して欲しいとなだめる言葉（C）、という対応が見られる。つまりこの部分での薫の「口説き」はそのまま柏木あるいは夕霧の「口説き」の変奏なのであり、ひいては寝覚の帝の「口説き」へとつながるものなのだ。

さらに、二重傍線部以下の「いとのどやかにはもてなしたまへれど」という薫の様子は、前に見た「いとのどやかに恥づかしげに、情けなき乱れはせさせたまはぬに」という帝の様子そのものである。この後延々と詳細に繰り返される帝の「口説き」も、宿木巻のこの場面の「月ごろ、悔しと思ひわたる心の中の苦しきまでなりゆくさまをつくづくと言ひつづけたまひて、ゆるすべき気色にもあらぬに」という地の文を具体化したものとも解せよう。

しかし、薫の「口説き」が柏木や夕霧の「口説き」の変奏であるとはいっても、その行き着くところは全く異なっているのであり、薫の薫たるゆえんはむしろこの後にある。

男君（＝薫）は、いにしへを悔ゆる心の忍びがたさなどもいとしづめがたかりぬべかめれど、昔だにあり難かりし御心の用意なれば、なほいと思ひのままにももてなしきこえたまはざりけり。……かひなきものから、人目のあいなきを思へば、よろづに思ひ返して出でたまひぬ。まだ宵と思ひつれど、暁近うなりにけるを、見咎むる人もやあらんとわづらはしきも、女の御ためのいとほしきぞかし。（薫）……いと恥づかしと思したりつる腰のしるしに、多くは心苦しくおぼえてやみぬるかな。例のをこがましの心や、と思へど、情なからむことはなほいと本意なかるべし、また、（あ・い）たちまちのわが心の乱れにまかせて、あながちなる心をつかひて後、心やすくしもあらざらむものから、わりなく忍び歩かんほども心づくしに、女のかたがた思し乱れんことよ、など、(お)さかしく思ふにせかれず、今の間も恋しきぞわりなかりける。さらに見ではえあるまじくおぼえたまふも、かへすがへすあやにくなる心なりや。
(宿木巻、五・四二九〜四三〇)

中の君の袖をとらえるところまで迫っていながら、何もできぬままに終わってしまう。「昔だにあり難かりし御心の用意なれば」とあるように、それは今に始まったことではない。かの大君に対しても幾度か接近の機会がありながら、結局何事もなく終わってしまっていたことは周知の事実である。

・言ふかひなくうしと思ひて泣きたまふ(宇治の大君の)御気色の(う)いといとほしければ、(薫は)かくはあらで、おのづから心ゆるびしたまふをりもありなむ、と思ひわたる。わりなきやうなるも心苦しくて、さまよくこしらへきこえたまふ。
(総角巻、五・二三五)

・(薫)「……なほ、いかがはせむに思し弱りね。この障子の固めばかりいと強きも、まことにもの清く推しはかりきこゆる人もはべらじ。……」とて、障子をもひき破りつべき気色なれば、いはむ方なく心づきなけれど、(え)こしらへむと思ひしづめて……(大君が)さすがにことわりをいとよくのたまふが(薫は)心恥づかしくらうたくおぼえて、(薫)「あが君、御心に従ふことのたぐひなければこそ、かくまでかたくなしくなりはべれ。いひ知らず憎く疎ましきものに思しなすめれば、聞こえむ方なし。いとど世に跡とむべくなむおぼえぬ」とて、「さらば、隔てながらも聞こえさせむ。ひたぶるになうち棄てさせたまひそ」とて、(え)ゆるしたてまつりたまへれば、這ひ入りて、さすがに入りもはてたまはぬを、いとあはれと思ひて、「かばかりの御けはひを慰めにて明かしはべらむ。ゆめゆめ」と聞こえて、うちもまどろまず、いとどしき水の音に目も覚めて、夜半の嵐に、山鳥の心地して明かしかねたまふ。
（総角巻、五・二六五〜二六七）

これが薫と柏木・夕霧との最も顕著な違いである。「かけかけしき事はなくてやみなん」と思いながらも女三宮を目の当たりにして我を忘れた柏木と、「かうあながちに従ひきこえても、後をこがましくや」という危惧を抱きながら我を通して落葉の宮（＝女二宮）を妻とした夕霧。この二人が共に女の意思を尊重することなく自分の要求を押しつけたのに対して、薫をめぐる表現では、

・「見とがむる人もやあらんとわづらはしきも、女の御ためのいとほしきぞかし」
・「泣きたまふ御気色のいといとほしければ」

という。つまり、「いとほし」という女への同情から、自らの「恋」を中途半端な形で放棄するのである。これが薫の「をこがまし」という思いを導き出すことについては既に前章で論じた通りだが、結果として女の意思を尊重する形で、実事無き〈逢瀬〉（この言い方は矛盾しているようだが）を重ねる薫のありようは、柏木や夕霧に対する反措定といえる。

このような薫のありようは、まさに寝覚の帝の原型ではないだろうか。〈闖入〉始発においては柏木であった帝の姿が薫的なありようへと変化していくさまが、この後の「口説き」によって表現されている。

・（寝覚の上が）いみじうすくよかに言ひなさむと、なにの情もつけず、えもつづけやらず、かごとがましげなるけはひの、いとどらうたく、うつくしう、心にのみしみまさりておぼさるれど、（帝の心中）「まことに、ただかく行くてに、（ア）情なく、あながちに押したちても、かばかり思ひまどふにては、『憂し、つらし』と思ひ入りて、やがて、今は参らずなりなば、軽らかに、せめて訪ね寄るべきにもあらぬに、いますこし、わびしさのみこそまさらめ。なにのかひあるべきにもあらず。……げに思ひまどひたるさま、いとことわりに心苦しきを、（イ）『憂し、つらし』と思ひ果てられては、ひとときの心地こそゆくとも、長らへての身の嘆きは、まさる端とこそならめ。『いかがはせむ。言ふかひなし』と、思ひなるべき気色にもあらざめり。そもことわり、（ウ）この瀬を、いみじう情あるものとだに思ひ知られなば、いつもいつも、おのづから、かくわりなからぬ瀬もありなむ」など、かたがたおぼし忍びて、いとやはらかに、なまめかしくもてなさせたまひて、あながちに和めて、ただうち添ひ臥いたまひて（二七五〜二七七）

・（寝覚の上の）慰め出でたる言の葉に、（帝は）（エ）いみじう心苦しくおぼしなられて、「さだに、おぼし知らば、それに替へつる命にて、痴れ痴れしき名をも、流しつべしや」と、（エ）うちゆるべさせたまふに（二八一）

・言ひも果てぬやうにて、せめて、（寝覚の上が）すべり出でたまひぬる名残、とばかり見送らせたまひて、（帝）「などて、をこがましく。かかる逢瀬は難くこそあらめ。あながちに心苦しさを見知りつるぞや」と、（オ）悔しく、いみじくおぼさるるに、人目苦しからずは、やがてたちつづきぬばかりの御心地ぞ、せさせたまふ。（二八七）

帝が寝覚の上を見送るに至る経過を抜粋したが、ここに挙げた三箇所以外の部分では、帝は寝覚の上をなだめた後もなお縷々恨み言を言い続け、あまつさえ再び荒立ちもしたのであり、その心情の変化はひと筋ではない。が、帝の辿った心情の変化の大筋（ア〜オ）は、やはり薫の心情と重なっているのである。「今ここで激情にかられて無理を通しても、相手に疎まれてしまっては思うように逢うこともできず返ってこちらがつらくなるだけだ」と考え（ア・ぁ、イ・い）、「（この嘆きようを見ても）相手は筋の通らぬことと受けとめているようなので、改めて落ち着いて会えるような機会を待とう」とひとまず諦めて、相手に対し穏やかに振る舞う（ウ・う）。そして女の懸命な訴えに心を動かし、手をゆるめてしまうのである（エ・え）。

このように見てくると、寝覚の帝の「口説き」の発想は、既に薫が宇治の大君あるいは中の君に対して展開していた「口説き」の継ぎ合わせのようではないか。発想のみならず、（ウ）・（う）の対応では同じ語によって表現されており、語のレベルでも対応しているのである。さらに、このような「実事無き〈逢瀬〉」によって導き出される彼らの心情に注目したい。

（オ）（寝覚の帝）悔しく、いみじくおぼさるるに、人目苦しからずは、やがてたちつづきぬばかりの御心地ぞせさせたまふ。

（お）（薫）さかしく思ふにせかれず、今の間も恋しきぞわりなかりける。さらに見ではえあるまじくおぼえたまふも、かへすがへすあやにくなる心なりや。

逃げる女を深追いすることなく終わったのは自分自身の選択によるものでありながら、早くもその直後に後悔の念がわいてくる。さきほどまでの自制が今はもう、「なんとしても女を手に入れたい」という欲求に圧倒されている。

それは宿木巻の草子地にいうように「かへすがへすあやにくなる心」に他なるまい。そしてオとおの直前には、前に言及したように、共に「をこがまし」という思いが述べられていたのである。

〈闖入〉場面における寝覚の帝の「口説き」は、始発においては柏木になぞらえられたものであり、そこには夕霧の「口説き」が入り込んでいた。ところが、帝の後半の「口説き」は、薫の「口説き」になぞらえて語られているように読みとれる。すなわち、『源氏物語』において女のもとへ侵入する三人の男たちの「口説き」によって表現されたように読める、それが〈帝闖入〉における寝覚の帝の「口説き」表現だったのだ。

五　〈闖入〉がもたらすもの――〈女〉へのまなざしから

さて、前節までの考察をふまえて問題としたい箇所がある。それは〈闖入〉場面の終わり近く、帝と寝覚の上との歌の贈答の前の対話である。

（寝覚の上）「人いかに思ひはべらむ。かばかりは、いつもいつも、あなたにていとよくきこえさせはべりぬべきを」と、言ひ出づるを、まことにいと思ひ入りけるも、少しは、げにことわりなれば、（帝）「『いとよう』こそ、あまり心やすき御文字づかひなれ。かばかりいみじく従ひきこえたる心の痴れ痴れしさを、おぼし知らぬものならば」と、よろづに恐ろしげに誓ひ聞かせたまひつつ、「今宵は、中宮上らせたまふべき夜なるに、人も、いかにあやしと、尋ね思ふらむ」、我が御身の紛れがたく、ところせくなりそめたまひけむも、この人ゆゑは、悔しくも、いとはしくもおぼしなられさせたまひつつ、「明日は逢瀬」と頼むべくもあらざめる人の気色に、ただ我

が情ばかりを尽くし知らせたまふ。「さりとも、思ひ知らずはあらじかし」とおぼしめす。（二八二～二八三）

問題は、傍線を付した「少しは、げにことわりなれば」という帝の心中に沿った地の文にある。人目をはばかり話を途中で打ち切ろうとする寝覚の上の様子を、帝は「少しは、なるほど全く道理だ」と考えている。「なれば」と順接であるから、この後には寝覚の上に対して、彼女の言い分を認める発言なり慰めの言葉なりがあってしかるべきであろう。しかし予想に反して、その直後の帝の発言は、彼女の「いとよく」という言葉を逆手に取った脅し文句である。そのあとで、今夜は中宮が夜の宿直に参上する予定であることを思い出し、帝の位も寝覚の上を思う心からすれば不自由でうっとうしいものと思いながら、帝は思いを尽くして自分の情の深さをわかってもらおうとするのである。ここまで辿ってきてようやく「少しは、げにことわりなれば」を受けるような内容になるのだが、では「ただ我が情けばかりを……」の部分が「……ことわりなれば」を直接受ける部分で、途中は全て挿入句だったのか、と考えるにしても、ここまでの一連の文章は遠回りであり、不自然さはぬぐい去れない。

そこで別の考え方を示したい。というのは、いったん「少しは」と言っておきながら「げに」と後追いするように付け足している、その言い方にも、いささかの不自然さを感じるからである。帝は既にここまでの「口説き」で、

・いと憂くも怖ぢまどひたまへるかな。ことわりなれど　（二七二）

・はた、かかるおほぞうの行くて、げに思ひまどひたるさま、いとことわりに心苦しきを……『いかがはせむ。言ふかひなし』と、思ひなるべき気色にもあらざめり。そもことわり　（二七六）

と、幾度も寝覚の上の惑乱に対し「もっともなことだ」と認めていた。だから、この部分もこれまでの言辞から判断すると「げにことわり」だけでよいはずなのである。それなのに何故今になって「少しは」というのか。「少しは」という言葉を引きだしたものは何なのか。

これは、この部分の「口説き」の元になった表現に原因があるのではないだろうか。そう思わせるに足るような箇所が、実は薫の「口説き」にある。それは、前節の初めに挙げた宿木巻の一場面である。

「思ひの外なりける御心のほどかな。人の思ふらんことよ。あさまし」とあはめて、泣きぬべき気色なる、すこしはことわりなれば、いとほしけれど、[薫]「これは咎あるばかりのことかは。かばかりの対面は、いにしへをも思し出でよかし。過ぎにし人の御ゆるしもありしものを。いとこよなく思しけるこそ、なかなかうたてあれ。すきずきしくめざましき心はあらじと、心やすく思ほせ」

（宿木巻、五・四二七～四二八、再掲）

薫の突然の接近に驚き反駁する中の君の「人の思ふらんことよ」という言葉は、人の思惑を気にすると言う点で、寝覚の上の言葉に通じるものである。そして、それに続く薫の心中に沿った地の文では「すこしはことわりなれば、いとほしけれど」という。すなわち、中の君の言い分も多少はもっともなことだと思いながら、「いとほしけれど」という逆接の文脈によって「これは咎あるばかりのことかは。……」と、「ことわり」「いとほし」という思いを打ち消すように女をかき口説いているのである。女の気持ちをいったんは認めつつも、なお自らの思いを綿々と打ち明けずにいられない男の心情を、この場面は語っているといえよう。

さてこのように見たところで寝覚の帝の「口説き」の問題に立ち戻ると、「少しは、げに」の語続きの不自然さ、そして、地の文の直後の帝の言葉の内容との齟齬、これらへの疑問を解消するためには、この部分の寝覚の帝の「口説き」が、薫の「口説き」の〈引用〉でありながら、その「口説き」から「いとほしけれど」という発想を意図的に排除したものだと考えるのが妥当ではないか。それはとりもなおさず、帝の「口説き」を構成する要素として薫の「口説き」が取り込まれているという読みを補強することになろう。

さらに、ここでもう一つ注目しなくてはならないのは、薫にはあった「いとほし」という発想が寝覚の帝にはない、ということそのものである。池田和臣氏は、(3)薫のこの当該場面の「いとほし」が「中君に同情する語り手の評言」と「明らかに対応している」と指摘した。これは重要な見解であろう。薫が、「いとほし」という思いを抱き、女に対して行動を起こせなくなることについては前に見た通りだが、薫はそれゆえに、結果として読み手には好意をもって支持されたとおぼしい。このことは例えば、薫が『無名草子』において「薫大将、はじめより終はりまで、さらでもと思ふふし一つ見えず、返す返すめでたき人なんめり」（小学館・完訳日本の古典、二三一頁）と評されていることからもうかがわれよう。そして語り手の「いとほし」という評言は、語り手が〈女〉の立場を尊重するものとして存在することを示しているのだ。

一方、『寝覚』はどうか。確かに〈帝闖入〉事件においても、〈女〉に対するこのような「いとほし」という思いが第三者によって発せられていることが確認できる。それは、大皇の宮と縁続きにあたり、内大臣の語らい人であった、宣旨の君という人物である。彼女は、「心のうちには、いとよく物思ひ知り、心ばせありて、この上の御有様を、えさらず思へば、離れずのみさぶら」（二六九）っており、寝覚の上のことを「悲しきまで、すずろに思はしう思ひきこえついたる人」（同）であると紹介され、次いで大皇の宮の仕組んだ〈闖入〉の計画を知り、かかる御構へを、「あないとほし。いかにあきれいたうおぼさむ」と、いみじう心苦しけれど、えも言ひ出でず、うち嘆きて、月影にめでたき御有様をうちまもりて居たるに
（同）

と、寝覚の上の身を案じている。この直後、彼女の見守る中で〈帝闖入〉事件が起こるのである。宣旨の君のこの心内語によって、〈帝闖入〉事件は初めから、寝覚の上にとって「いとほし」きこと以外の何ものでもないと規定されている。「読者」は宣旨の君に感情移入することによって、その「いとほし」という思いを共有しつつ〈闖入〉を読み進めることが要請されているのだといえよう。

さらに帝の最初の「口説き」の後にも、このように語られていることに注意しておきたい。

（寝覚の上が）かくのみ沈み入るをも、「げに、あないとほし」と、言ひ寄りて引き放つべき人もなし。……宣旨の君の唐衣の袖ばかりをひかへたりつるも、いとかたはらいたかりければ、（宣旨の君は）心苦しくいとほしく思ふ思ふ、脱ぎやりて、御几帳の後ろに、ゐざり退きにたり。
（二七四）

「げに」の一語から、この部分が前に語られていた宣旨の君の「いとほし」という心内語を承けていると判るが、語り手によって想起を要請されているこの言葉は宣旨の君の心中に込められたまま、寝覚の上の危機的状況は依然続く。

このように、『源氏物語』宿木巻に見られるような、〈女〉の側に立つ語り手の目が、〈帝闖入〉事件においても存在しているのである。

薫はこのような語り手の視点を共有し、そこにある種の理想性が認められていたとおぼしい。ところが、寝覚の帝の場合、あれほど長大な〈帝闖入〉事件における「口説き」の中で、帝は寝覚の上に対してついに一度も「いとほし」という思いを抱くことはないのである。「いとほし」という語り手の視点の共有は、『夜の寝覚』の帝には行われていない。つまり、語り手と作中人物とを通して読者が共有を要請されてきた「いとほし」という思いが、寝覚の帝の発想からは欠落しているのだ。ここに寝覚の帝と薫との明らかな差異が認められよう。

〈闖入〉場面においては、帝の「口説き」が柏木・夕霧を経て次第に薫的な「口説き」に変化してゆくことによって、物語は寝覚の上の危機を回避しているのだが、薫に付与されていた女への同情という理想性は、寝覚の帝には引き渡されなかったのだ。〈帝闖入〉事件で寝覚の帝がその造型の変容の果てに行き着いたのは、女との共有の視点を持たぬ〈薫〉なのであって、薫そのものとは微妙だが決定的に異なる人物像なのである。

この「いとほし」という発想の欠落は、「帝」という至尊の身分にあっては当然といえるかもしれない。しかし、〈帝闖入〉事件が寝覚の上にとって「いとほし」き事態なのだと、宣旨の君によってその始発前から規定されていた以上、帝はやはり、寝覚の上の心情を真に〈理解〉しようとしている存在とはいえないであろう。帝は寝覚の上の真の理解者とはなり得ない者として表現されている。このことは、第一章において述べた、天人による〈第三の予言〉の実現の一つなのである。

六　〈闖入〉がもたらす推進力――匂宮から

寝覚の帝の「口説き」の変化・帝像の変容の大筋は、柏木→夕霧→薫の線上をたどっており、しかも帝像の行き着いた所は「薫」的ではあるが微妙にずれていることについて論じてきた。同一の思考パターン・同一の口説き文句の繰り返しによって、帝像は変化し、あるいは逆戻りしつつ、次第に〈闖入〉始発時とは異なる人物像へ変容してゆくのである。その行き着いた先は、薫的ではあるが薫そのものではないものなのであった。

ところで〈闖入〉における帝の「口説き」の構成要素のうち、三人の男達以外のもの、すなわち柏木→夕霧→薫の線上から外れているものがあることを忘れてはなるまい。次に挙げる「口説き」を見よう。

（帝）「……これに懲りたまふとて、内などに居ること難くなりたまひたらば、ただ今年のうちにこの位をも捨てて、八重立つ山の中を分けても、必ず思ふ本意かなひてなむ、やむべき。いみじく思ふさまに定まり果てたまひぬとも、それを、さて聞くべきにもあらず。『人の見聞かむところなども、よろしくたどるべきわざにもあらざり』と、すべて現心もあるまじければ、『我も人も、いたづらになるべかりける事の様かな』となむおぼゆる」（二八二）

二重傍線部は、次に挙げる『源氏物語』浮舟巻の、

（浮舟の心中）……あやにくにのたまふ人、はた、八重立つ山に籠るともかならずたづねて、我も人もいたづらになりぬべし、なほ、心やすく隠れなむことを思へと、今日ものたまへるを、いかにせむ（浮舟巻、六・一六四）

に拠る表現か、と『寝覚』諸注は指摘している。ここで「あやにくにのたまふ人」とは匂宮を指すので、傍線部は浮舟に思い起こされている匂宮のことばということになる。薫の「口説き」が、帝の「口説き」の構成要素として組み込まれていることは、既に確認してきた。であるならば、帝の「口説き」に入り込んでいる、浮舟に向けて発せられたこの匂宮のことばもまた、単なる類型表現と見なすべきではないだろう。失われた「いとほし」という発想に代わって、浮舟を追いつめた匂宮の情念が帝の「口説き」に入り込み、寝覚の上に対する帝の狂おしいまでの執心が表現されているのである。

寝覚の上に対する帝の執心が、末尾欠巻部に推定されている「寝覚の上偽死事件(4)」を引き起こしたのではないか、ということについては従来指摘されている。また新全集(5)が推定するように、〈偽死事件〉は〈帝闖入〉事件の構想の再現なのであろう。

しかし、より直接にこの匂宮の言葉の「引用」表現を考える時、匂宮と薫との間で悩み追いつめられ、ついに入水を決意し失踪した後に発見され再生した浮舟の辿った運命が、可能性として寝覚の上の身に想起されるのだとはいえまいか。そして、寝覚の上をそこまで追いつめた帝の執念は、薫の「いとほし」ではありえず、匂宮の情念であったといえる。女との実事なき〈逢瀬〉を重ねる「薫」的な「口説き」に行き着いてしまった帝は、もはや匂宮の「口説き」を組み込むことによってしか、その後の物語の推進力たり得る可能性を持ち得なかったのだ。

結

〈帝闖入〉事件には、帝の「口説き」が柏木・夕霧から薫へと変化してゆくという、帝像の変容過程が示されているのであり、そこにはある「方法意識」ともいうべき表現がある。そしてこのような表現によって、寝覚の上の危機回避が可能となり得たのである。その結果、帝は薫的な「をこがまし」という思いを抱え持つ者となりつつも、匂宮の情念を「口説き」に組み込まれることで、後の物語展開における寝覚の上の再度の危機をもたらす可能性を与えられたのだといえよう。

〈帝闖入〉事件における帝の「口説き」は、一つ一つ個別に見たならば『源氏物語』の男たちの「口説き」の模倣、あるいは単なる類型表現の寄せ集めのように思われるかもしれない。だが、一つ一つの表現の集積によって、寝覚の上の危機が回避されてゆくという事実については、ここまで述べてきたとおりである。このような表現構造を、この〈帝闖入〉場面はもっていることを確認しておこう。

本章の最後に、『竹取物語』の帝との関わりについてもふれておきたい。長南有子氏も指摘していたように、寝覚の帝の造型自体は確かに竹取の帝の影を帯びているが(6)、その内実は竹取の帝ではあり得ない。なぜなら、かぐや姫の影を帯びている寝覚の上もまた、むろんかぐや姫そのものではあり得ず、従って『夜の寝覚』は『竹取物語』から脱却した物語となっているからである。

「月の都の人」から天界の秘曲を伝授されたことによって寝覚の上は〈かぐや姫〉の裔であることを宣言されてはいる。しかしそのように規定されればされるほどに、『竹取』との断絶が際だってくるように仕組まれているのである。新たに書き起こされる物語が多かれ少なかれ先行の物語を形どりつつもいかにしてそこから脱却するかを本旨とする中で、『寝覚』もまた同じ意識を有しているとおぼしいが、これほどまでに竹取世界からの「脱却」を「意志表示」した物語はなかったといってよい。この問題については第九章で詳述する。

寝覚の帝は竹取の帝たりえない。事実、寝覚の帝の造型は基本的に『源氏物語』の薫を中心とし、柏木・夕霧・匂宮のそれの組み合わせによってなされている。またかぐや姫だけを思い続けた竹取の帝に対して、次章で述べるように寝覚の帝は寝覚の上の反〈ゆかり〉・反〈形代〉を手にしており、竹取の帝の「ひとり住み」とは似ても似つかない様相を呈しているのだ。要するにかぐや姫との「あはれ」なるやりとりの再現などここにはあろうはずがなかったのである。

『竹取』と『寝覚』の二人の帝はたしかに、両物語の距離を示すためのメルクマールとして機能している。そのように機能すべく寝覚の帝の造型は仕組まれているように読める。「あはれなる文のやりとり」からの距離をあえて広げるかのように、寝覚の帝は寝覚の上に文を送り続けるのだ。

一方そのような帝に、男主人公は嫉妬し続ける。第七章で見るとおり、内心では彼女の思考を推し量り、「いともいとも、いみじきことわりに」とまで考えていながら、結局彼は女主人公に対して恨み言を繰り延べることしかできない。ここにも、『寝覚』が物語の開巻から宣言していた〈理解〉をめぐる問題が再度浮上してくるのである。(7)

注

（1）野口氏前掲書、一九〇頁。

（2）石川徹氏『古代小説史稿』（一九五八・五）四二二～四二八頁に『源氏物語』との表現・構想上の類似が数多く指摘されている中の一つ、帚木巻における光源氏と空蟬の逢瀬との類似（四二五頁）をはじめ、賢木巻の光源氏と藤壺の応酬との比較（関根慶子氏「寝覚物語における「帝闖入事件」を考える」、『源氏物語及び以後の物語　研究と資料―古代文学論叢第七輯―』武蔵野書院、一九七九・十二）、総角巻における薫と宇治の大君とのやりとりの表現との類似の指摘（鈴木紀子氏「「夜の寝覚」と宇治十帖―大君物語との関係―」「名古屋大学国語国文学」三七、一九七五・十二）などが挙げられる。

（3）「薫の人間造型」（『源氏物語の探究　第十五輯』風間書房、一九九〇・十）

（4）『無名草子』に、

返す返す、この物語の大きなる難は、死にかへるべき法のあらむは前の世のことなればいかがはせむ、……いみじくまがまがしきことなり。（小学館・完訳日本の古典、二五六～二五七頁）

とあることから推定されている。事件の詳細は不明だが寝覚の上が仮死状態に陥ったといわれる。

（5）「末尾欠巻部分　概略」

（6）「寝覚物語の帝」（「中古文学」五十八、一九九六・十一）

（7）第一章を参照されたい。

第四章　反〈ゆかり〉・反〈形代〉の論理――真砂君と督の君をめぐって

一　「草のゆかり」・督の君

『夜の寝覚』には、「草のゆかり」と称される人物がただ一人存在する。それは「内侍の督の君」、すなわち寝覚の上の亡き夫・老関白の遺児である。

・「……大臣（＝老関白）亡くなりて、『今だに、さるかたにつけて、浅くもてなさじ』と思ひ寄り、『内侍督に』と心ざししに、（あなたは）あながちにかけ離れ、人（＝督の君）に譲りのがれたまひにしを、いみじう恨めしとは思ひながら、草のゆかりことよせて、『おのづから、思ふ心の片端をも聞こえ知らする風の紛れもやある』と、似げなからぬことに思ひなして……」（二七八～二七九）

・「草のゆかりなつかしくも思ひよそへらるるうちに、いとらうたき気色したる人なめるを、『なほ、この人しばし言ひとどめて、妬く悔しき胸の隙をだにあけよ』と語らはせたまはむ」と、おぼしめして、内侍の督の君の御方にぞ、「上らせたまへ」と、御消息ありける。（三〇九）

前者は〈帝闖入〉事件の際に帝が寝覚の上に対して語った言葉、後者は事件後のある一夜における帝の心内語の一部である。ここで「内侍の督の君」を寝覚の上の「草のゆかり」として規定する認識主体は寝覚の帝であるということを、まず確認しておきたい。

改作本『夜寝覚物語』によれば、寝覚の上が老関白（当時左大将）の妻とさせられた時すでに彼には三人もの娘がいたのだから、この「草のゆかり」という規定は寝覚の上との血縁を有することを要請してはいない。そればかりか、彼女が寝覚の上との容姿などの類似性を指摘されることはただの一度もない。

周知の通り『源氏物語』では、「草のゆかり」という語句は「紫のゆかり」と共に、藤壺と紫の上の血縁を示す意に限って用いられており、また彼女たちは光源氏の視線によって容貌の類似を確認されていたわけだが、その〈ゆかり〉の方法は物語の進行に従って次第に相対化されていったとされる。[1] となれば、血縁も容貌の類似もない継娘を「草のゆかり」として規定する『寝覚』は、〈ゆかり〉の方法をほとんど原型を留めないまでに相対化して――あるいは「誤読」してしまっている、と一応はいえそうだ。が、問題は『寝覚』におけるその相対化あるいは「誤読」のあり方なのである。なにしろ、彼女を「草のゆかり」として認識する主体は、かの寝覚の帝しかいないのだ。帝によってのみ「草のゆかり」として認識される督の君――彼女が敢えて「草のゆかり」と呼ばれる物語的意味は一体何なのか、これが第一の疑問である。

督の君をめぐる疑問はこれだけではない。『夜の寝覚』のいわゆる第三部は彼女の入内準備の様子から始まっているが、前章で論じた〈帝闖入〉事件を引き起こす遠因、すなわち寝覚の上が宮中にとどまることになった理由がまさに彼女の入内にあったという事実を考えれば、これは決して無視できない事柄であるはずだ。

従来彼女の入内については、故関白家女主人としての寝覚の上の卓越した手腕を描き出すことに奉仕する記事としてのみ言及されていたに過ぎないのだが、ここで視点を変え、物語展開上での必然性から考え直すなら、彼女は帝に入内を望まれていた寝覚の上に代わり故関白の遺志に応えるべく入内したのだから、当然帝寵を受け故関白家に、ひいては寝覚の上の身に栄華をもたらすことが期待される存在であったのはいうまでもない。実際それは巻五に至って彼女が次の春宮候補たる男子を生むことで達せられているのだ。

だが、物語展開上での必然とはいうものの、改めて物語叙述をたどってみれば、そこへ至るまでの過程は決して容易ではなかった。そもそも中宮を初めあまたの女御たちがひしめき、かの寝覚の上の父でさえ娘たちの入内を諦めたほどの後宮で、(2)父を亡くした娘が特に帝の寵愛を得て時めくなどというのは考え難いことであったはずである。そして現に入内当初から早くもその道のりの険しさは明記されていた。督の君に対して「いとさしもおぼしめさざりつれど」(二四一)とあるとおり、多大な期待など抱いてはいなかった帝は、なるほど第一夜目には「飽くまであてに、なまめかしく、らうたげなるけはひ、手当たりなれば……こよなく近まさりして、あはれにおぼしめしなられ」(二四二)、四夜続けて召したとはいうものの、次の夜は中宮を召し、さらに次の夜帝は式部卿宮の御方を思う。そして帝は「いで、あはれ、故大臣おはせましかば……他人《ことひと》まぜざらましを。いと心やすしや」(二四六)と、督の君の父・老関白が既に亡いことに安堵さえしている。

「まづめでたきにても、いつとなく、やすげなのわざや」(二四七)――「ひとまずはよろこばしいこととしても、常に心落ち着かぬなさりようだこと」と、督の君の行く末を案じる寝覚の上の思いに、状況は集約されていよう。入内当初の内侍の督の君の存在は、中宮はもちろんのこと他の女御方に対しても全く脅威ではあり得ず、帝にとって督の君は所詮「にくからずおぼしめさるる」・「めづらしき人」(二四四)以上のものではなかった、ということだ。

ところが督の君が次期春宮候補の母となるなどということは到底考えられないような入内当初のこのような状況を、

そして「めづらしき人のにくからずおぼしめさるるにつけても、『宮の御心につゆばかりも違ひきこえさせじ』とのみおぼしめ」(二四四)していた帝自身の思いさえも裏切るかのように、督の君は懐妊するのである。

①「いかで位を疾う去りて、すこし軽らかなるほどになりて、いみじき大臣のもてなし限りなしといふとも、いま一度の逢瀬を、いかでかならず」と、おぼし急ぐ御心深くて、冷泉院を急ぎ造らせたまひつつ、皇子のおはしまさぬ嘆きをせさせたまふ。中宮をはじめたてまつり、御方々、いかでと御心を尽くしおぼしめすに、十月ばかりより、内侍の督の君ただならぬ気色になやましうおぼいたるを……正月十日に、四月と奏してまかでたまふに、宮と申せど、「あな思ひのほか」と、御心動かぬやうもなきに、まいて異御方々胸ふたがりて、「こはいかなることぞ」とおぼされ、世人も、「思ひかけざりつることかな」と言ひあさみたるさま、ことわりなり。

(五一五〜五一七)

寝覚の上との逢瀬を夢見て譲位を考えるものの、次の春宮候補がいないことを嘆く帝。何とかして皇子をと願う後宮の女性たち。このような状況の中、新参の督の君が懐妊してしまう。女御方や世間の驚愕はもちろんのこと、帝の胸中をよく知る中宮といえども動揺せずにはいられなかったほどの意外な出来事としてこれは語られているのである。物語展開上の必然というにはかなり強引ともいえる督の君の懐妊。一体どういった物語要素がこれを可能にしたのか、これがもう一つの疑問である。

督の君をめぐるこれらの疑問を解くためには、もう一人の相対化された〈ゆかり〉である真砂君を登場させねばならない。何しろ督の君が懐妊した頃、数多の女たちを帝の寝所から遠ざけていたのは他ならぬこの少年であるからだ。

二　帝の「寵愛」――真砂君という「少年」

②　そのころ、内に女宮三所、男、春宮よりほかの儲けの君おはしまさず。帝も、あいなくかき絶え、「つれなきをしも」と言ふやうに、恋しさも妬さも、月日に添へて忍びがたくのみおぼしまさらるるままに、まさこ君を夜昼御前も去らず召しまとはしつつ、女御たちの御宿直の数、この君にみな押されたまひにたれど、様異のことにて、恨み申させたまふべきかたなきに、「なほ慰まぬ」といふやうに、ことわりなくのみおぼしめさるれば
（五一四〜五一五）

督の君の懐妊が判明する場面①の直前に語られているこの引用②では、真砂君に対する帝の「寵愛」ぶりは凄まじいものがある。ここには、帝が寝覚の上恋しさを紛らわせるために彼女の実子真砂君を「夜昼御前も去らず召しまとはし」ていた様子が語られている。「女御たちの御宿直の数、この君にみな押され」てしまう程なのに帝の心は「なほ慰まぬ」という執着ぶり。そしてこの「寵愛」の中心となるもう一か所の舞台は、

③　まさこ君の、いとよく通へる様体、けはひのうつくしさを、おぼしめしよそへさせたまふかたにても、中宮の御方にては、さすが、さはいへど、おぼすままにこの君（＝真砂君）をもえ近く語らはせたまはず、あなづらはしく心やすき督の君の御方にては、ありよくて、母君まかでたまひにし後は、片時も出ださせたまはず、召しまとはして、我が御方にては人目もあまりなるべき時時は、ただこの御方にて御覧じよそへさせたまふに

とあるようにまさしく「督の君の御方」なのである。督の君の懐妊とこの事実とが深く関わっていることが容易に想像される。

ではこのような真砂君「寵愛」はいつから始まったのか。やや長い引用になるが、次の場面を見てみたい。

④　上には、あさましう、思ひ知る一行の返り事だになくてやみにしより、「かばかりの心にては、さりともと頼みをかけ、後の逢瀬をこがましかりけりかし」と、いみじう悔しう、妬うおぼしめされて、内侍督に、「見馴るるほどはなけれど、父大臣などもなく心細げなめる御有様を、人よりも心苦しうなむ、思ひとどめらるる。そこ（＝督の君）にも、増す方なくのみおぼさむなむ、うれしかるべきを、かの人（＝寝覚の上）、昔より思ふ心深かりしかど、口惜しくてなむ、やみにし。「まかでなむ」とのみなむあめるを、なほしばし慕ひとどめて、忍びやかに思ふこと言ひ聞かすばかり、おぼしめぐらせ」など、つゆまどろまず、語らひ明かさせたまひける。

御迎へに、まさこ君の参りたるけはひを聞きつけさせたまひて、「およすけても、いざ疾きかな。うつくしきものなりかし」と仰せられて、(A)まだ夜深く、見捨てて下りたまひぬる慰めに、「まさこはこちや」と夜の御殿に召し入れたり。(B)いつも、かくのみけ近くならはさせたまひたれば、いとよく馴れきこえさせたるを、「ねぶたからむ。ここに寝たれよ」とて、装束など引き解かせたまひて、御衣をうち覆はせたまひて、近うかき寄せさせたまひたるに、我が身にしめたる母君の移り香、紛るべうもあらず、さとにほひたる、なつかしさまさりて、(C)単衣の隔てだになくて臥させたまひたるに、かたち、身なり、つぶつぶと丸に、うつくしうて、髪

（三六六〜三六七）

の手あたりなど、いとつややかに、あてに、なつかしく、なよよかなるけはひ、手あたり、(D)心のなしにや、いみじと消え入りし有様のふと思ひわたさるるに、いみじうらうたうならせたまひて、「今宵、母のもとにこそ寝たりけれな」と問はせたまへば、うちうなづきたり。「うらやましかりけることかな」とて、「内の大臣よりも、我を思へよ」など語らはせたまふに、をりをり申し出でたる御答へなど、いはけなからず。「(E)かかる女のあらましかば、すこし心は慰みもしなまし」とまで、あはれにおぼされて、今ぞすこし大殿籠り入りたる。君も寝入りて、ことと明うなりにければ、おどろきて、うちとけたるをかたはらいたげにて、すべりまかり出づるを、「さはれ、幼きほどは、ただ我にも見えよ」とて、(F)かき撫でつつ御覧ずれば、髪ざし、髪のかかり、頭つきなど、火影のただそれとおぼゆるに、限りなく御覧ぜられつる。「顔はただ内の大臣に違ふところなからむめり。けはひ、様体こそ母君に通ひけれ」と御覧じて、承香殿の女三の宮を限りなく思ひきこえさせたまふを、「かばかりおはしまさずかし」と、めざましきまでうちまもらせたまふ。

（三二三〜三二六）

かの〈闖入〉事件の後もなお、帝は督の君を利用して何とかもう一度寝覚の上と会う機会を持とうとしていた。そんなある夜、督の君を迎えに来た真砂君が彼女と入れ替わりに帝と同衾する(A)。これはいつものことなのだという但し書きがある(B)上に、「単衣の隔てだになくて臥させたまひたる」(C)というくだりには「様異のこと」、すなわち男色要素を読みとれる。(3)鈴木一雄氏は引用場面について次のように述べている。

帝はまさこ君に、寝覚の上の感触を重ねている。あの時は「単衣の関」があったが。……寝覚の上そっくりの女がもしあったら。帝は、まさこ君から、更に寝覚の上「ゆかり」の女性まで切望する。この帝の思いには、藤壺思慕の余り、若紫を見いだした光源氏のことが踏まえられているのであろう。……帝は、寝覚の上「ゆかり」のまさこ君と親しくすることで、女君その人との親しさを実感したいのである。（新全集三四九・頭注）

鈴木氏はここでの帝の思いを光源氏のそれと重ね合わせているが、真砂君はあくまで「少年」であって、「少女」ではない。従ってここに「紫のゆかり」の物語までをも重ね合わせるのが難しいことはごく当たり前のように思えそうだが、帝が寝覚の上によそえるものとしての真砂君を再認識するまでの経過を改めてたどり直してみると、事は案外複雑なのである。

まず第一に、帝は真砂君に寝覚の上の何を投影して「よそへ」ているというのか。それは先の引用③に明らかなのだが、寝覚の上に「いとよく通へる様体、けはひ」であって、容貌ではないのだ。そして引用③に時間上先行する④においてはまず、「顔はただ内の大臣に違ふところなからむめり」（F）、すなわち真砂君の顔が男主人公＝内大臣と瓜二つであると帝に認識されている点に注目しよう。〈帝闖入〉事件以前の寝覚の帝が、真砂君をどのように見ていたかを具体的に知る手だてはない――ここでもまた中間欠巻部の「壁」に突き当たってしまうのだ――が、真砂君が寝覚の上の子であるという事実そのものは、帝はよくよく意識していたに違いあるまい。少なくとも帝は以前から、老関白と寝覚の上の子でありながら内大臣によく似ている子として真砂君を（おそらくは他の多くの登場人物と同じく）注視していたに相違なく、(4)そのような意識がこの部分に表現されているのであろう。ともかく、要は真砂君の「顔」は寝覚の上に似てはいない（容貌の類似がない）ということなのである。

にもかかわらず、そのすぐ後で帝が「けはひ、様体こそ母君に通ひけれ」という深い感慨（強意）をもった気づきを抱いているのを見逃してはならない。「母君の移り香」が帝の心に「なつかしさ」を喚起する。そして帝は、真砂君の体つき、髪の「手あたり」を繰り返し繰り返し確かめる。〈闖入〉によって寝覚の上の感触の記憶を得た帝が、顔かたちを見ていただけでは分からなかった真砂君と母との「けはひ、様体」の類似を発見したことによって、彼の顔が寝覚の上に似ておらず内大臣に似ているという事実は、今や帝にとっては意識する必要のないものとして捨象されてしまった。現にこの後、物語では帝の目から真砂君と内大臣との容貌の類似が指摘されることはない。

第二に、帝が「よそへ」る積極性の度合いはどうか。帝と真砂君が「単衣の隔てだになく」(C)共寝した時、帝は真砂君をかき撫でつつ「心のなしにや、いみじと消え入りし有様のふと思ひわたさるるに」(D)と、寝覚の上を思っていた。この時点では真砂君を通して寝覚の上の姿が「ふと」思い出されたとあり、しかも「心のなしにや」とあるように、寝覚の上を思い出したのは「強いてそう思って見るからであろうか」という留保つきなのであって、その原因を積極的に真砂君自身の性質に求めてはいない。しかしその「心のなし」の結果、真砂君に寝覚の上の面影が重ね合わせられ、帝は真砂君を「いみじうらうたう」思うようになったというのだ。

またこの後帝が眠りに落ち、目覚めて再び真砂君を「かき撫で」た時(F)、真砂君が寝覚の上に酷似しているということが帝に改めて確認されていることにも注意したい。帝が眠りに落ちる前には、「心のなしにや」という、帝の心の側の条件付けによって真砂君と寝覚の上との類似が発見されていたのに対し、目覚めた後には「火影のただそれとおぼゆる」(F)と、ほぼ完全に同一のものとしてみなされているのだ。「ほぼ」というのは、前に述べたように「顔はただ内の大臣に違ふところなからむめり」という留保つきであるからだが、そのことは「けはひ、様体」が「母君に通」うという事実によってもはや意識する必要のないものとして捨象されていたことは既に確認した通りである。こうして「心のなし」という条件付けを離れた帝の目は、「限りなく御覧ぜられつる」「めざましきまでうちまもらせたまふ」と、真砂君に釘付けになっていったのだと、この場面の終わりでは語られている。

以上の二点から分かることは、物語は真砂君を初めから寝覚の上によそえる対象として語り始めているわけではないという事実である。真砂君は寝覚の上とは顔つきは似ていない。にもかかわらず、初めは「心のなしにや……ふと思ひわたさるる」、そして場面の終わりでは「ただそれと思ゆる」というように、寝覚の上によそえるべきものとして、次第に認識されていったのだ。ここに至るまでの物語叙述は、段階を踏み周到に積み重ねられたものなのである。

この場面から始まっている、相対化された〈ゆかり〉の物語がようやく見えてくる。男の側の「心のなし」によって眼前の対象と恋しい女とのずれが不問に付され、やがては同一のものとして認識されるに至る物語。しかもそれによって恋しい女本人への思いが完全に慰むことはないのだ。これはまさしく、『源氏物語』宇治十帖に見られる薫の認識形式そのものではあるまいか。この点でも寝覚の帝は薫の造型を引き継いでいるといえるが(5)、ここでは認識される側の真砂君の問題に絞りたい。

一つの仮定をしてみよう。もし、寝覚の上の血を引く少年真砂君が「少年」ではなく、「少女」であったなら――それならば帝の真砂君「寵愛」はまさに鈴木一雄氏の言うとおり、光源氏が少女若紫を見出したあの物語の様相を帯びてくる。そしてその背後に〈ゆかり〉の物語を見ることはたやすい。いわば〈ゆかり〉の資質を備えた〈形代〉、それが真砂君なのではないかとも思える。

しかし、真砂君をめぐる物語の論理は〈ゆかり〉としても、また〈形代〉としても規定しきれない。そもそも帝の真砂君「寵愛」は、彼が成長し元服する前の「少年」であるからこそ可能になっている。彼の肉体が成長し「けはひ、様体」が寝覚の上からかけ離れてしまったら、そして元服により社会の秩序内に据えられてしまったら、もはや帝が彼と「共寝」することはありえまい。そもそも帝自身、「かかる女のあらましかば、すこし心はなぐさみもしなまし」(E)と心中でつぶやいているし、真砂君本人に対しても「幼きほどは、ただ我にも見えよ」(三二五)、つまりこれは彼が成長するまでの期間限定の「寵愛」なのだと言っているではないか。

先の例では、「かかる」という語が直接指示しているのは真砂君であることを考えると、真砂君が寝覚の上の「ゆかり」として、よそえ、愛すべき者としての資質を備えていることは間違いない。だが現実にはそのような「女」はいない。以前は「かたちはこれこそ」と思っていた式部卿の宮の女御ですら、いざ見てみると「『火影には、すべてなぞらへに言ひ寄るべきにあらず』と御覧じくらべ」（三六四）、涙を流す帝なのだ。もはや帝は普通の女では決して満たされない。そして寝覚の上によそえ得る唯一の存在真砂君も、「女」ではない。従って帝の心は決して慰まない。あるのはただ、やがてやって来る真砂君との決別の時も知らず、女君への渇望を満たそうとして彼女の息子に、彼の成人までの「期間限定」でのめりこむ帝の無惨な欲望だけである。

真砂君が「女性」であれば、「かかる女のあらましかば」という反実仮想を帝が抱くことはなかったはずだ。真砂君は本来〈ゆかり〉たるべき存在でありながら、「少年」であって「女」ではないというただその一点によって〈形代〉にスライドされる。そして〈形代〉の物語の終焉は、やがてくる彼の「成長」によってもたらされるであろうことまでもが見通されているのである。「少年」真砂君とは、〈ゆかり〉の資質を備えた期限付きの〈形代〉——敢えていうならば〈形代〉ならざる〈形代〉なのである。

三　相互補完

前節では真砂君もまた相対化された〈ゆかり〉／〈形代〉であると述べた。繰り返すが、真砂君は初めから寝覚の上の身代わりとして登場したのではない。そもそも引用④の始発では、真砂君は「草のゆかり」＝督の君の身代わりであるかのように帝と同衾したのだった。寝覚の上に逢うこと叶わずせめてもの「草のゆかり」を求めた帝の許に、督の君と真砂君が続けざまにやって来る。そしてこの場面ではいつの間にか、「草のゆかり」の役割が督の君から「少年」真砂君へとシフトしているのである。引用④のうち、次の二箇所をもう一度見てみよう。

・（帝は督の君に）つゆまどろまず、語らひ明かさせたまひける。（三二四）

・「かかる女のあらましかば、すこし心は慰みもしなまし」とまで、あはれにおぼされて、今ぞすこし大殿籠り入りたる。（三二五）

「今ぞ」の語が示しているように、これらの表現は明らかに対応関係にある。帝は、この場面の初めでは督の君と「つゆまどろまず、語らひ明か」していたのだった。ところが、「（督の君が）下りたまひぬる慰めに……夜の御殿に召し入れ」たはずの真砂君によって、「すこし大殿籠り入りたる」状況に至っている。これは、真砂君をかき撫でつつ話をしているうちに帝の心が落ち着きを取り戻したのであり、「すこし」帝の心が休まる隙ができたのだということを示すものに他ならない。つまり真砂君は帝にとって単に督の君が「下りたまひぬる慰め」としてだけではなく、督の君によって慰むことのなかった帝の心を督の君に代わって慰める役割を担う存在であったということなのだ。この意味で、真砂君は督の君の役割を補完する存在なのだといえよう。この場面の始発の裏では、そのような物語が動き始めていたのである。

　では督の君はやはり〈ゆかり〉の物語を全く担うことのない、ただ〈ゆかり〉の物語を喚起するためだけに配された仕掛けに過ぎないのか。相対化された〈ゆかり〉の物語の本体は真砂君一人なのだろうか。答えは否である。真砂君の存在は督の君を得て初めて完全なものとなるのであり、またそのように存在させられているからだ。以下では、督の君自身の持つ物語的意味を追ってゆくことになる。

⑤（寝覚の上がいる場所を）「そのあたり」とばかりに心をかけて、昼なども（帝は督の君の所へ）おはします。内侍督のおぼえのいみじきにとりなして、世には、愛でののしり、御方々には、いとやすからず、うれはしきことに、おのおの心を乱りけり。中宮ばかりぞ、「けにくからず、らうたげに思しめいたれど、御気色、いと三千人をきはむるほどにはあらざめるを。……昔よりおぼしそめてしことの、目に近うてさぶらふに、御心の乱るるにこそあべかめれ。さて、督の殿がちにおはしますなめり。夜の宿直は、人にすぐるとも見えぬものを」と、心得たまひて、をかし、とおぼしめしけり。（二六一〜二六二）

これは督の君入内後、〈闖入〉以前のものである。ここでは督の君の価値は寝覚の上に会うための口実となる点にあるのだということが示されているが、このことは本章初めに引用した〈闖入〉場面での帝の「草のゆかりことよせて」という言葉によって裏付けられよう。さてその〈闖入〉事件の後、帝が真砂君を「寵愛」していた問題の夜④、そもそも何故当の督の君が帝に召されていたのか。その事情を語る場面において再び督の君は帝によって「草のゆかり」と規定されていたのだ。既出箇所ではあるが、少し前から再度引用する。

⑥中宮は、明日よりかたき御物忌にて、上らせたまはず。承香殿は里に出でたまひにしかば、左の大殿の女御、宣耀殿ときこゆるぞ、さぶらひたまへど、「（イ）草のゆかりなつかしくも思ひよそへらるるうちに、（ロ）いとら

うたき気色したる人なめるを、『(イ) なほ、この人しばし言ひとどめて、妬く悔しき胸の隙をだにあけよ』と語らはせたまはむ」と、おぼしめして、内侍の督の君の御方にぞ、「上らせたまへ」と、御消息ありける。

（三〇九）

問題の夜督の君が帝に召されるまでのいきさつが引用⑥では極めて念入りに語られているが、その経緯と共に、ここでは帝にとっての重要度からみた女たちの序列の変化が実に鮮やかに語り出されていることに注意したい。督の君は入内直後の不安定な位置づけとは明らかに異なり、少なくともこの時点では宣耀殿の女御よりも重要度が高い存在と看做されている。宣耀殿の女御は現存本ではこの部分で初登場した人物であることを思い合わせると、まるで、督の君よりも重要度が低い女御をわざわざ設定したようにも見えるところではある。それはおくとしても、寝覚の上に近づくための手段としての督の君の価値に変わりはないが、この場面では容貌の類似も血縁もないはずの彼女が寝覚の上に「なつかしくも思ひよそへらるる」「草のゆかり」であるとされ（傍線イ）、のみならず督の君自身の資質にまで言及されている（傍線ロ）。これらの現象の意味するところは決して小さくはない。以下に引く、帝が真砂君を「寵愛」していた場面以後の状況説明（引用③と重複する）はそれを裏付ける。

⑦　上も、(ロ) 人がらのいとあてに若くらうたげなるも、にくからず、めづらしき御思ひも浅きにはあらぬ御心に、しめたる (イ) 釣り舟のたよりとさへ、心をとどめさせたまひて、忍びの御文の、中に籠めさせたまふとても、つねに渡らせたまひなどして、(ハ) まさこ君の、いとよく通へる様体、けはひのうつくしさを、おぼしめしよそへさせたまふかたにても、中宮の御方にては、さすが、さはいへど、おぼすままにこの君（＝真砂君）を

もえ近く語らはせたまはず、あなづらはしく心やすき督の君の御方にては、ありよくて、母君まかでたまひにし後は、片時も出ださせたまはず召しまとはして、我が御方にては人目もあまりなるべき時々は、ただこの御方にて御覧じよそへさせたまふに、承香殿の御方の女三の宮をうつくしう思ひきこえさせたまふにも、いたう劣らず、らうたきものに、この御方にては御覧じ馴れなどするほど、督の君の御おぼえを、「なほ、すぐれたり」と、人も思ひ言ひ、御方々も、いかでかは心やすく。（三六六〜三六七）

⑤・⑦どちらの場面においても帝が登花殿がちであることに対する世の人々の反応が語られているが、世の人々や女御方の考えに反して、督の君自身が帝に愛されているために帝がそこに居るわけではないのだということが繰り返し強調されている。この点だけならば⑤と⑦の状況はさほど変化していないように見える。

だが⑤から⑦へ、すなわち〈帝闖入〉事件前から真砂君「寵愛」場面（④）の後にかけて、帝が登花殿へ行く動機は少しずつ周到にずらされつつ重ねられているように読めるのだ。その帝の動機とは、寝覚の上の「草のゆかり」（傍線イ）、督の君自身への思い（同ロ）、真砂君「寵愛」（同ハ）の三つである。（ロ）については、既に見た通り以前にも「あくまであてになまめかしくらうたげなるけはひ、手当たり」を「あはれにおぼしめしなられ」たと語られていたとはいえ、⑤の段階では重視されていない。帝が寝覚の上の身代わりとして督の君の入内を認めたのは彼女が「草のゆかり」であるが故だったのであり、その内実は「釣り舟のたより」であった。つまり⑤では（イ）の要素が（ロ）よりもはるかに重かったことになる。しかし〈闖入〉後の場面⑥ではその「草のゆかり」という規定が、帝に宣耀殿の女御よりも督の君の方を召したいという動機付けを与えていた。さらに⑦ではよりいっそう状況が変化し、まず（ロ）が語られた後で「釣り舟のたよりとさへ」として（イ）の要素が「添加」されるものとなっており、帝にとっての両者の意味合いの重さが逆転しているのである。

これらの叙述はつまり、後宮における督の君の位置が他の女御方に比して決して軽くはないものとなりつつあるということを意味しており、ひいては帝にとって督の君自身の持つ魅力そのものの重要性が急浮上し、彼女が単なる寝覚の上に近づくための手段にとどまらず、彼女自身に価値を見出だせる存在となりつつあることを意味していよう。果たして彼女は帝の子を儲けることになる――ここに至って本来〈形代〉でしかなかったはずの彼女はついに〈ゆかり〉の物語をその背後に引き寄せているのである。寝覚の上の身代わりとして入内した彼女は〈形代〉性を担うとはいえ実際には寝覚の上と血縁関係になく寝覚の上に似てもいないが、表現レベルで「草のゆかり」として認識され、さらには〈ゆかり〉の物語を想起させる存在となっているのだ。本来〈ゆかり〉の資質を持たぬ〈形代〉として登場したはずの督の君、彼女はいわば〈ゆかり〉ならざる〈ゆかり〉なのである。

さてこの督の君の〈ゆかり〉性を補強する要素として、場面⑦で（ハ）の真砂君「寵愛」が加わったことも見過ごせない。真砂君が帝の心理への影響において督の君を補完していることは既に指摘したが、のみならずこの点においても、真砂君は督の君の担う機能を補完しているといえるのである。ここでもう一度、前節初めに引用した巻五の場面（②）を確認しよう。

恋しさも妬さも、月日に添へて忍びがたくのみおぼしまさらるるままに、まさこ君を、夜昼御前も去らず召しまとはしつつ、女御たちの御宿直の数、この君にみな押されたまひにたれど、様異のことにて、恨み申させたまふべきかたなきに、「なほ慰まぬ」といふやうに、ことわりなくのみおぼしめさるれば　（五一四～五一五）

このように帝が真砂君ばかり「召しまとはし」て、女御たちを夜召すことは稀になっていたにもかかわらず、督の君が懐妊する理由はただ一つ、帝が他ならぬ「督の君の御方」登花殿で真砂君をたびたび「寵愛」していたという事実である。端的にいえば、帝は登花殿においても真砂君を「様異のことに」愛でていたとはいえ、督の君が帝に放っておかれていたわけではなかったということになる。かつて中宮に「夜の宿直は、人にすぐるとも見えぬものを」（二六二〜二六三）と評されていた督の君が、帝の寵愛を受け懐妊に至ったのは、帝が「少年」真砂君では満たされぬ情念を「草のゆかり」督の君へと向けたからではなかったか。真砂君を寝覚の上の代わりに愛でたとて、帝の情念は「なほ慰まぬ」ものであった。そのような折、帝は恐らく「にくからず、めづらしき」、容貌の類似も認識されず血縁もない〈ゆかり〉である督の君へとその情念を注いだに違いない。この二人に対する帝の「寵愛」が共に「けはひ、手当たり」という「感触」から始まっているというのも、実に暗示的といえよう。

もし真砂君が元服前の「少年」ではなく成人した「女」であったならば、帝の子を儲けたのは真砂君であったろう。しかしその可能性はもちろん皆無である。このように考えると、督の君は、真砂君が「女」であった場合に辿ったに違いない運命をその身に引き受けた存在だったのだ、ということに気づくだろう。真砂君が持っていない「女」という性を、督の君は分担していたのだ。督の君はまさに「女」という性によって、真砂君の相対化された〈ゆかり〉あるいは〈形代〉としての機能を補完する存在だったのである。彼女が「草のゆかり」として帝に認識される物語的意味はまさしくこの点に他ならない。

もちろん「草のゆかり」としての彼女は帝の心中にのみ認識される幻想であった。このこと自体、そのような相対化された〈ゆかり〉／〈形代〉を求めずには居られない帝の閉塞状況をそのまま示すものである。またレベルを変えて見るならば、『夜の寝覚』はこのような表現を『源氏物語』の「誤読」によって受け継ぎつつも、その役割を分裂させ相互補完させていることで独自の様相を見せているのだと読むことができよう。

結

未だ身体的な性差の外的徴証を帯びぬ、かつ元服前の「少年」であるというまさにその時間的一回性によって、「女」に代わる〈形代〉として帝に愛でられるべき存在たり得、かつ「様異の事にて」後宮の枠組みからも逸脱していた真砂君と、寝覚の上の身代わりとして入内し、彼女との容姿の類似も血縁もないのに「草のゆかり」として帝に認識され〈ゆかり〉性を担う督の君。〈帝闖入〉事件の後、同一の空間内にあってほぼ同時に帝の「寵愛」を集めたこの二人は、共に「手あたり」すなわち触覚を契機として帝の心中にある寝覚の上の感触の記憶が呼び起こされることで初めてそれと認識された、相対化された〈ゆかり〉・〈形代〉なのである。このような相対化をもたらした帝という人物の認識のありようは、確かに平安後期物語の抱えるまなざし＝感覚的認識の問題とパラレルなものであるといえるだろう。(6)

彼らは相互に補完しあう、性差によって分離された、期限付きの〈ゆかり〉・〈形代〉なのであった。もしも二人の担う役割があるひとりの身の上に備わっていたならば、寝覚の上の真の〈ゆかり〉あるいは〈形代〉が登場していたはずだ。だが、寝覚の上に全てを収斂させるというこの物語表現の論理はそれを許さない。なぜなら、寝覚の上の〈ゆかり〉あるいは〈形代〉が現れたならば物語展開はその〈ゆかり〉・〈形代〉へと委ねられ主人公のシフトを招来するか、あるいはそこで充足しつつ終焉を迎えることになるからだ。この物語には寝覚の上の代わりになるものは存在しないし、必要ない。何しろ彼女は地上でただ一人天人の資質を受け継ぐ者なのだから。したがって督の君と真砂君はあくまで〈ゆかり〉・〈形代〉ではないものでなくてはならないのだ。

二人が〈ゆかり〉・〈形代〉の物語を想起させ得る期間はあまりにも短い。真砂君は肉体の成長と共に〈ゆかり〉の資質を剥ぎ取られ〈形代〉としても機能しなくなる。「けはひ、様体」の似通いを「手あたり」によって確認し得なくなった帝に残されるのは、帝の恋敵ともいうべき内大臣＝男主人公に生き写しの顔を持つ「真砂君」であろう。[7]そしてその時督の君もまた、真砂君によって補完されていた〈ゆかり〉性を離れ、「次期春宮の母」という独自の位置を示すに違いない。

二人は確かに〈ゆかり〉・〈形代〉の物語を想起させる存在でありながら、そのどちらにも規定できないものである点にこそ意味があるのだといえる。『夜の寝覚』には〈ゆかり〉・〈形代〉の物語の論理が「ない」のではなかった。むしろ〈ゆかり〉・〈形代〉を確かに想起させるものでありながらそのどちらにも規定できないもの、〈ゆかり〉ならざる〈ゆかり〉・〈形代〉ならざる〈形代〉を語り、そのようにして〈ゆかり〉・〈形代〉を排除しているのである。これこそが『源氏物語』を「誤読」した『夜の寝覚』の論理が要請した、反〈ゆかり〉・反〈形代〉の物語に他ならないのだ。どこまでも寝覚の上の主人公性は保証され、彼女へと物語は収斂する——ただ、彼女の主人公性を保証するこの反〈ゆかり〉・反〈形代〉の物語は同時に、帝のやむことのない執心と渇望とを決定づけ、帝の再接近という「危機」を予測させるものとしての長編的契機たり得ているというアイロニカルな構図をももたらしている、ということなのである。

注

（1）鈴木一雄氏『物語文学を歩く』（有精堂、一九八九年三月）は、『源氏物語』の〝ゆかり〟の構成は〝永遠の女性〟思慕を前提とし〝発見のプロット〟を伴うものであり、光源氏の場合は両者への愛情が相乗作用で高まっていくのだと述べる。また宇治十帖を〝ゆかり〟の構成に支えられた物語だと見、浮舟の価値が〝ゆかり〟よりはっきりと低い〝形代〟なのであり、第一・二部の〝ゆかり〟とは質的に異なると指摘した上で、『狭衣物語』や『浜松中納言物語』はこの宇治十帖の〝ゆかり〟を受け継いだと論じる。

『源氏物語』第一部と宇治十帖の物語の差異をこのような〈ゆかり〉・〈形代〉の方法的・質的差異に認める論には、例えば三田村雅子氏「源氏物語における形代の問題―召人を起点として―」（一九七〇年十二月初出、『源氏物語　感覚の論理』有精堂、一九九六年三月）、大朝雄二氏「浮舟の登場―「人形」から「なでもの」へ―」（一九八七年十月初出、『源氏物語続篇の研究』おうふう、一九九一年十月）がある。一方高橋亨氏「源氏物語の〈ゆかり〉と〈形代〉―絵と人形と物語の文法」（『日本文学の特質』明治書院、一九九一年七月）は、「〈もどき〉による差異の生成は、〈ゆかり〉や〈形代〉がコピーの段階にとどまらず、オリジナルから自立し、ときにはその価値を逆転させることもある」とする。

また鈴木一雄氏前掲書は、「ゆかり」「形代」を、そのように認識する側の心内に起こる問題だとするが、この指摘は横井孝氏「「ゆかり」の物語としての源氏物語」（『源氏物語の探究　第十四輯』風間書房、一九八九年九月）や土方洋一氏「〈ゆかり〉としての身体―光源氏の幻想のかたち―」（「源氏研究」二、翰林書房、一九九七年四月）にも見られる。鈴木泰恵氏「狭衣物語と〈形代〉―身体感覚をめぐって―」（一九九五年三月初出、『狭衣物語／批評』翰林書房、二〇〇七年五月）や、河添房江氏「〈ゆかり〉の身体・異形の身体」（『源氏物語試論集』論集平安文学4、勉誠社、一九九七年九月）にも視覚・触覚による認識を問題としているが、両者は『源氏物語』正編と宇治十帖との差異を、〈紫のゆかり〉・〈形代〉に対する視覚認識の絶対性／恣意性に見る。

（2）中の君についてはもちろん「姉君はえ引き越したまはで」（二二二）という父・源太政大臣の苦慮もあったわけだが、「このころ内には、関白したまふ左大臣の御女、春宮の御母にて后に居たまへる、御おぼえのいかめしさに、御はらからの式部卿の宮の御女、承香殿の女御ときこえて、私物に心苦しうおぼしとどめられたるすゞずゑにて、なにばかりのことあるべきにあらず。」（二一）と、既に後宮には他の女性が入り込む余地のないことが父大臣を通して確認されている。

（3）永井和子氏「寝覚物語の「中の君」―男性主人公から女性主人公へ―」（一九七七年四月初出、『続寝覚物語の研究』所収）は、真砂君への帝の行為について「この少年を、少年自体としてではなく、愛する女性の身代りの形でなでいつくしんだのである」「むしろ、男性から女性への愛に近い感情であろう」とし、寝覚の上の「身代り」としての真砂君のありようを指摘していた。大倉比呂志氏「夜の寝覚論―女君造型と物語の方法―」（昭和女子大学　近代文化研究所「学苑」第六八五号、一九九七年三月）が、帝にとって真砂君は寝覚の上の〈代用〉なのだと述べている。また鈴木一雄氏は「帝とまさこ君との間柄は、『源氏物語』帚木、空蝉巻の光源氏と小君の関係を思わせるところがある」（新全集本・三二六頭注）と述べ、大倉氏前掲論文はさらに一歩踏み込んで「先蹤である」とする。

（4）現存本には「昔より聞きおかせたまへることあるにより」（三〇七）とある。これにより、新全集頭注の指摘通り、帝が寝覚の上と男主人公との関係を昔から知っていたことが窺えるが、真砂君がこの二人の間に生まれた子であることまでをも知っていたか否かはやはり不明である。

（5）寝覚の帝の人物造型が基本的に『源氏物語』柏木・夕霧・薫・匂宮の組み合わせとシフトによるものであり、それによって帝の作中機能の方向性が決定づけられているということについては、第二章・第三章を参照されたい。

（6）鈴木泰恵氏論文（注1）は『狭衣物語』における触覚と記憶、相対化された認識・解体された〈形代〉の問題について論じたものである。『夜の寝覚』における〈ゆかり〉認識と相対化は鈴木泰恵氏の論じる『狭衣』のあり方に通じつつも、相対化された〈ゆかり〉・〈形代〉の、性差による分裂と相互補完が認められる点で異なっている。

（7）末尾欠巻部において真砂君が帝の勘気を蒙り承香殿の女三の宮との仲を裂かれる事件が想定されている。この事件に関して鈴木一雄氏は「激怒の院の脳裏には、まさこの面影から女君は消えて、妬ましい恋敵関白の面影が重なっていたのかもしれない。」（五五〇）と述べているが、たしかにここには真砂君の成長に伴う〈ゆかり〉・〈形代〉性の損失と内大臣との相貌の類似が影を落としているように思われる。とすればこの意味でも〈形代〉ならざる〈形代〉としての真砂君の物語は、長編的契機を持ち得ているということができよう。

第五章　病と孕み、隠蔽と疎外――〈女〉の身体と〈男〉のまなざしをめぐって

一　問題の所在――偽生霊と出産と

本章で問題にしたいのは、身体・病の表出のありかたと、精神・心のありようの規定についてである。身体の病はしばしば心の病の表出としてあるが、身体の病の向こう側にある心の病は、不問に付されるか、物の気[1]によるものとして隠蔽されることも多い。言葉にできない、範疇化できない心の動きは、解釈可能なものとして「病」なり「妊娠・出産」なりに還元され、それに起因するものとして一元化されてしまうのが常だろう。[2]

もちろん、妊娠・出産そのものは病気ではない、ということを大前提としていうが、古代の女性の妊娠・出産についての記述にはしばしば「物の気（怪）」の語が表れるのも、また事実である。当時の人々にとって懐妊・出産が生命の危機にさらされる時間であり、死と隣り合わせの時間であったことと、それは密接に関わっていよう。そして物の気は人々の病の表出、あるいは病をもたらすものとして表れる。

この出産と物の気との関係については、例えば『源氏物語』では不自然なほどに遅れていた藤壺の出産時期が物の気の仕業として解釈され、光源氏との密通が隠蔽されていたことが思い起こされる。ここでは物の気は出産時期を隠

蔽するものとして機能している。

また改作本『夜寝覚物語』では、女主人公の第三子出産の際、亡き夫関白が物の気として現れ、男主人公との似合いの仲らいを羨むというくだりがある。故関白はいわば「寿ぐ物の気」として登場することで、男主人公が女君の夫としてふさわしい者であることを認め、これにより女君の「再婚」の障壁となる心理的葛藤が回避されている。と同時に、物の気出現に対して男主人公が「あさましくおぼす」という感想を抱いていることから、故関白はそれまでもっていた理想性を削ぎ落とされ、物語世界から退場することになる（この点、例えば紫の上に藤壺のことを語った光源氏の夢枕に立ち恨み言を述べた藤壺と、物の気とはイメージの質が異なるといえよう）。祝福と退場という二つの機能を、この「寿ぐ物の気」は果たしている。原作本では該当箇所にはこのような記述は見られないから、これは改作本『寝覚』の独自性といえ、注目に値する。

これらの例を考えると、妊娠・出産と病とは確実に異なるものだとはいっても、その距離は今よりもずっと近しいものとしてあったといえるだろう。

ここまでなぜかくも迂遠に病と物の気と出産について述べてきたのかといえば、原作本『夜の寝覚』第三部の最重要「事件」が、まさにこれらの事実に関わるものであるからだ。すなわち、いわゆる「偽生霊事件」と、寝覚の上の第三子懐妊・出産の二つである。

病に臥す女一宮への加持祈祷のさなか、寝覚の上の亡き姉の霊と共に自らの生霊が現れ、憑巫の口を借りて男主人公を怨じた。男主人公はすぐさま、それが大皇の宮側の仕組んだでっち上げであることを見破るが、噂は瞬く間に広がり、女主人公自身は大きな衝撃を受ける。そして、自分があさましき生霊になっている可能性を否定できずにいた。——というのがこの「事件」の概略である。この後寝覚の上は女一宮が回復するまで男主人公の足をこちらへ向けさせぬようにとの配慮から、父親訪問を表向きの理由として広沢に移転するが、やがて彼女も病に臥し、出家の意志を固める。その後、実は彼女が懐妊していたことが、彼女の出家を食い止めにやってきた男主人公の見顕わしによって明らかとなる。彼女は落胆し、現世を捨て尼になる志を断念せざるを得なかった。以後、物語は男主人公側から見れば「大団円」へと向かう展開となる。

しかしここで疑問が生じる。新全集頭注も不審を抱くように、「すでに二度の経験を持ちながら」、三度目となる我が身の懐妊に気づかなかったというのは、なるほど「やや無理な設定の感がある」(3)。何故、彼女は自分の懐妊に無自覚だったと書かれなくてはならないのだろうか。

書かれてはいないが気づかないふりをしていただけなのだ、と言ってしまえばそれまでだが、筋書きの上では、彼女自身が懐妊に無自覚でなくては出家の意志も語られず、男主人公側から言えば女君出家の危機を食い止める手段として女君の父入道に一切の事情を告白するということもかなわなかった訳で、結果として自身の身体の変化に対しあまりに不注意な女というそしりを受けることになろうとも、彼女自身が無自覚であったと語られるのは必然であったといってよい。そう、彼女が男主人公に指摘されて初めて自身の懐妊に気付いた後の記述があまりにもあっさりしていて「描き足りない憾みがある」（注3に同じ）のも、この「そしり」を免れるためであったと解すれば実に通りが好い。

けれどもそれでは、この懐妊の見顕わしをめぐる一連の叙述の機微を見逃してしまうように思われる。そのように語られるために物語が前提としている論理を明らかにするのが本章の目論見である。そのためにはまず、懐妊見顕わしに先立つ「偽生霊事件」から始めねばならない。

二　朱雀院女一宮の「病」と女主人公——男主人公のまなざしから

『夜の寝覚』の朱雀院女一宮は、既に女主人公の姉・大君を「妻」としていた男主人公の新しい妻として降嫁を許された女性である。彼女はおそらくこの物語中唯一の〈病む女〉だといえる——中間欠巻部では大君も〈病む女〉であった可能性はあるにしても——が、その発病は「四月一日のほど」であったと明記されている。

「よろづのことよりも、こは、いとなだらかなる御あたりに、めざましかりぬべき人かな」と、宮のうち、嘆かしう思ふに、大皇の宮もきこしめして、いかでかは、よろしうおぼしめされむ。……四月一日のほどより、宮、いといみじうわづらはせたまひて、日ごろ過ぎゆけば、大皇の宮も渡らせたまひつつ、見たてまつりたまふさまのおろかならぬも、かたがたいと限りなきに
（三六九〜三七〇）

「数多の事柄よりも何よりも、これは、ほんとうに平穏な女一宮様と内大臣様のご夫婦仲にとり、きっとあきれたことになりそうな人だこと」——今や女一宮の夫としておさまっていたはずの男主人公が、なおも寝覚の上に心を寄せていることがはっきりとし、さらに彼女に接近し始めたことを、宮の周囲の人々も大皇の宮も嘆かわしく思い始めていた、まさにその頃女一宮は発病したのだ。ここで「四月一日」と日付が明記される理由はおそらくただ一つ、いわゆる〈帝闖入〉事件の動揺さめやらぬ寝覚の上と男主人公がおよそ十年ぶりの逢瀬を果たした時が「春の夜の短さは、まどろむほどなく明けぬるなめり」（三一七）と記されていたことに由来するだろう。男主人公が女君と再度巡り

逢った春が終わり新たな夏を迎えた「四月一日のほど」が、まさに女一宮発病の時として明記されている意味は決して小さくないはずだ。

事実、これ以後しばらく続く女一宮の「病」が語られるのはいずれも寝覚の上にとって「幸福」だと（周囲に）見なされ得るような場面において特徴的なのだ。つまり、彼女の病と寝覚の上の「幸福」とは表裏一体のものとして読めるのである。(4) 最も典型的なのは、寝覚の上と石山姫君が十数年ぶりに果たした対面の場で、男主人公が二人を見ながら「今はかく並べて見たてまつるべきぞかし」と「喜び泣き」（三七三）したその時、

さし並べたる御さまども、めでたさ、（男主人公は）よろづも紛れて、いみじきこと（＝女一宮が重篤であること）ありとも、立ち離れたまふべき心地もせぬに、「宮、ただ今絶え入らせたまへり」とて、人参りたり。（三七三）

と語られるくだりであろう。

もちろん、少なくとも現存部分ではここまで女一宮の内面は語られてはおらず、彼女が寝覚の上と男主人公との仲をどのように認識していたのかはこの後の彼女の回復を待つことになるわけだが、より直截に、彼女の〈病〉が寝覚の上の存在を意識してのものである可能性は否定できない。いやむしろ不可避の想像だといえる。

しかし女一宮の「仮死」が「ただ今なむ、生き出でたまへる……御物気の、取り入れまゐらせ」（三七四〜三七五）たものだったと語られるに至って、男主人公はその説明に何の疑いも持たず、彼女の心中を推し量ることもしない。そしてついに「偽生霊事件」が起こる。

宮は、絶え入りたまひたりし後、いと重くなりたまひて、絶え入りがちにおはしますを……日を経て、御物気もさまざま乱れ出づるなかに、故上（＝大君）の御けはひとおぼゆるものの立ち交じるは、「ことわり。今はの際まで、いみじう心置き、この宮により恨みをとどめてしかば、さもあらむ」とおぼすだに、いとあはれに、聞き苦しうおぼさるるに、また、北殿（＝寝覚の上を指す）の御生霊、恐ろしげなる名のりするもの出で来て、「あはれ、今はかくてあるべきものと思ひ頼むに、あながちに忍びつつ、わざと持て出でたまはぬが、妬う、かしこき筋といひながら、内の御事の、あさましううちすさびて、行くてのことにて、またともおぼし出でさせたまはぬ恥ぢがましさをも、『この御もてなしだに、わざとがましくは、もて隠し、それに思ひ消ちてむ』と思ひしに、いとあさましう、心憂きに、あくがれにし魂の来たるなり。さらに生けたてまつりたるまじ」など、言ひののしることを聞きたまふに、殿（＝男主人公）は、よろづ覚めたまひて、「いとあさましう。言ふこととて、まねびもてはやすことのなかに、つゆのまことはなきかな」と、をかしうも見聞きたまふに

（三八一～三八三）

男主人公は寝覚の上の「御生霊」については全否定しているが、亡き「妻」大君の「御けはひ」については「ことはり」「さもあらむ」とあっさりと認め、それにより女一宮の身体の〈病〉は物の気によるものだという解釈が反復強化されているといえる。彼には女一宮の内面の〈病〉の可能性はおろか、彼女と寝覚の上との心情的対立の可能性も見えてはいない。寝覚の上が生霊になるほどの恨みを抱いているとはまったく思ってもいないからだ。

たしかに寝覚の上の側から女一宮の存在をはっきりと恨むような記述はない。よもやそのような不吉な物の気に寝覚の上がなり果てていることを誰も想像はしない、少なくとも難しいに違いないだろう。だからこそ、憑坐にとりつ

いたとされる物の気が寝覚の上の名を騙り、かつ、寝覚の上本人が自分が生霊となってあくがれ出でているのではないかという疑念を抱くあたりで、周囲も読み手も少なからぬ衝撃を受けることになるわけである。

しかし関根慶子氏(5)が夙に明らかにしたように、帝の接近をめぐる発言には確かに男主人公の判断通り「つゆのまことはな」く、これが大皇の宮側の誰かによって仕組まれた偽の生霊であることは間違いなかろう。とはいえ「妬う、かしこき筋といひながら」というあたりに見られる対・女一宮意識については、はからずも寝覚の上の心中を言い当てている感すらある。野口元大氏(6)が指摘するように、噂を耳にした寝覚の上自身が「乱るる心、いまやいまやあくがれ寄るらむ」（三九九）と現在推量によって噂を肯定しているのはそれを保証するが、さらにいえば、実は寝覚の上が男主人公の妻として定まっている女一宮を恨みはしないまでも、強く意識する記述は繰り返し表れていたのだった。

・「まづめでたきにても、いつとなく、やすげなのわざや。これをおぼいて、入道殿は、『やむごとなき後見なき人は、宮仕へすべきことにもあらず』とのたまひしなりけり。まして、ただ人の、分くかたあらむは、世に見るかひなきわざかな」（二四七）

・なにし、やむごとなき基を見ながら、我はこよなき劣りざまにて、交じらむかたをこそ、すべてあるまじきことにも、あながちにもかけ離れつつ、恨みらるれ。（二七三）

・今となりて、はた、いとやんごとなく、さばかり恐ろしきさまに定まりたまひたるを、我はなにの頼もしげある身の際にてもあらで（二八九）

男主人公には既にしっかりと定まった、この上なく高貴な身分の妻がいる、それに対して自分の頼もしげなき身の際を思う、という記述が繰り返されていることが、「偽生霊」の発言を全肯定はしないまでも一部を保証する根拠となっていたことは疑えない。このように、女一宮が寝覚の上を意識するが故に病んでいた時、寝覚の上自身もまた女一宮を意識するが故に病んでいたという可能性を否定することは決してできない。

結局「偽生霊事件」をめぐる一連の記述には、寝覚の上の存在を意識する女一宮と、女一宮の存在を意識する寝覚の上とが、女一宮の〈病〉を介して鋭利に、かつじわじわと対立してゆく構図がみてとれる。にもかかわらず、前にも述べたように男主人公にはこの対立は見えていない。女一宮の〈病〉をもたらしているのは亡き「妻」大君をはじめとする物の気なのだという一元的解釈が、彼から女一宮の心中へのまなざしを奪っているからだ。ここでは未だ語られざる女一宮の精神は、物の気とそれにまつわる一連のイメージにより一元的に解釈されることでもたらされた〈病む身体〉という表現と強固に結びつけられ、それ以外の解釈の可能性は剥奪されているのである。

言い換えれば、彼女が「物の気による病」というレッテルを付された時、彼女の精神は〈病む身体〉の陰に隠蔽され、すべては〈病〉に回収されるものとして解釈・範疇化され、そこからはみ出す心の動きは不問に付され捨象されているということなのだ。この時、レッテルを貼り精神を隠蔽し捨象してゆく発想のありようは、それ以外の解釈の広がりを妨げる単なるステレオタイプ＝「鋳型」と化している。ここに語られているのは、そのような「思考の鋳型」により〈病む身体〉へと疎外され封じ込められた女一宮の精神だといえる。

三　女主人公の〈病〉と〈孕み〉――二重の疎外と男主人公の見顕わし

前節では女一宮の〈病〉から寝覚の上の偽生霊と精神の〈病〉（の可能性）が炙り出され、二人が〈病〉を間に対峙していくさまを、そして女一宮が「物の気による病」という「思考の鋳型」にはめ込まれ〈病む身体〉へと疎外され一元化されていくさまを見てきた。

だが〈病む身体〉を抱えていたのは女一宮ばかりではなかった。

げに、所がら（＝朱雀院）にやありけむ、また、そこらの御祈りのしるしにや、六月ついたちごろよりは、宮の御心地おこたらせたまひにたれど（四二二）

場所がらか祈祷の徴《しるし》か、宮の容態が少し落ち着いたのは「六月ついたちごろ」（四二二）と語られ、とはいえまだまだ予断を許さぬ状態であったとし、その後物語は、それに先立つ「五月つごもりごろ」（四三一）から寝覚の上もまた「発病」していたということを明かす。この二つの記述は五巻本では巻四と五とにまたがっているため意識しにくいかも知れないが、三巻本ではここはひと続きの記述であり、日付が明示されていることを考えあわせても、両記述の近接と対比とを強く読みとるべき箇所であるはずだ（テキストの形態はしばしば読みに大きく作用する(7)）。

以下、寝覚の上発病の様子と彼女が出家の意志を固めてゆく過程を挙げる。

かしこには、五月つごもりごろより、御心地例ならず苦しうおぼさるれど、我ながら、「いとかくものを思ひ入らむに、いかでか苦しからぬやうあらむ。命もあまりはえ堪へじ」とおぼゆるに、日に添へては、いといみじくのみなりまさりたまへど、物真似びのやうならむもかたはらいたければ、「暑気なめり」と、せめてさらぬ顔にもてないたまひつつ……「……心地もいと苦しくのみあるは、命も長らふまじげなめるを、このついでに、やがて世を背きなばや。……入道殿やうけひきたまはざらむとすらむ。それはかならずのことぞかし」と思ふにさへ、胸ふたがりて心地悪しく……日に添へて、つゆ重湯などやうの物をだに見も入れたまはず、いと冷ややかなる水ばかりをきこしめしても、やがてとどめず返しつつ、忍ぶべくもあらずなりまさりたまへば、起き上がりなどもしたまはずなりゆくを……六月も過ぎ、七月にもなりぬるに、この御心地さらにおこたりたまはず。

（四三一〜四三五）

しだいに苦しさの増す中、病に臥す女一宮の「物真似び」のように思われるのも都合の悪いことと配慮しつつ、命も長くないと思い、尼になる意志を固めてゆく寝覚の上。実はこのとき彼女が妊娠していたことが後に男主人公によって見顕わされることは本章冒頭に述べた通りだが、いったいこの記述は何を示しているのだろうか。読み手はここから、例えば『源氏物語』の記述を思い合わせることで、彼女の懐妊の可能性を読みとることができるのだろうか。以下の記述を見よう。

（藤壺）まことに御心地例のやうにもおはしまさぬはいかなるにかと、人知れず思すこともありければ、心憂く、いかならむとのみ思し乱る。暑きほどはいとど起きも上がりたまはず。三月になりたまへば、いとしるきほどにて、人々見たてまつりとがむるに、あさましき御宿世のほど心憂し。

（若紫巻、一・二三二〜二三三）

（宇治の中の君）さるは、この五月ばかりより、例ならぬさまになやましくしたまふこともありけり。こちたく苦しがりなどはしたまはねど、常よりも物まゐることいとどなく、臥してのみおはするを、（匂宮は）まださやうなる人のありさまよくも見知りたまはねば、ただ暑きころなればかくおはするなめりとぞ思したる。

（宿木巻、五・三八五）

（浮舟）あやにくにのたまふ人（＝匂宮）……と、今日ものたまへるを、いかにせむ、と（浮舟は）心地あしくて臥したまへり。（母君）「などか、かく、例ならず、いたく青み痩せたまへる」と驚きたまふ。（乳母）「日ごろあやしくのみなむ。はかなき物もきこしめさず、なやましげにせさせたまふ」と言へば、あやしきことかな、物の怪などにやあらむと、（母君）「いかなる御心地ぞと思へど、石山とまりたまひにきかし」と言ふも、かたはらいたければ伏し目なり。

（浮舟巻、六・一六四）

妊娠の事実を示す藤壺・中の君の記述に対して、浮舟のそれは懊悩故の不調だが、周囲の者がそれと怪しむほどに妊娠と症状が似ており、また大森純子[8]氏が指摘したように、藤壺と宇治の中の君をめぐる記述と読み合わせることでそれは「可能性」を帯びて見えてくる。

では寝覚の上の場合はどうか。「五月つごもりごろ」から「御心地」が「例ならず苦しう」思われるものの「暑気」であろうと言いなしているうちに、重湯はおろか冷水すらもどしてしまうほどになり「起き上がりも」できぬまま六月が過ぎ七月になったという一連の記述は、藤壺や宇治の中の君の記述と読み合わせると、確かに〈孕む身体〉を提示しているといえる。なるほど症状もつわりと似ているし、秋になってもおさまらないというのも単なる暑気あたりとは考えにくい。

しかし同時に、思い悩むあまり「例ならず」「心地悪しくて臥し」物も口にできぬほどになっていたため妊娠ではないかと疑われていた浮舟の記述を考え合わせるとき、寝覚の上の懐妊の可能性は揺らいでくるのもまた事実ではあるまいか。ここで『源氏』の藤壺や中の君の記述だけを参照するのは正当ではない。その解釈を牽制して「可能性の揺らぎ」を支えるのが、寝覚の上自身の「いとかくものを思ひ入らむに、いかでか苦しからぬやうあらむ。命もあまりはえ堪へじ」という心内語なのだ。これによって物語内はもちろん「読者」にも、彼女の〈孕み〉の可能性を隠蔽してゆく「思考の鋳型」、すなわち「物思いによる病」というレッテルによる解釈ができ上がる。現代の「読者」にとってはさらに、現行テクスト諸注ではこの辺りに懐妊の「可能性」がほのめかされていることについて――紙幅の都合か、あるいは後の種明かしを配慮した意図的な隠蔽か――何ら言及がないことも、このような読みを保証し強化するだろう。真実は決定不能のまま先送りされ、やがて男主人公による見顕わしを迎えることになる。

物語をさかのぼること約十年前の、女主人公の一度目の懐妊・出産の際は、事実を周囲の人々から隠し通すために、最も彼女の身近にいた対の君らが積極的に「もののさとし」とそれによる人々の思いこみを利用して、〈病〉によって〈孕み〉を隠蔽していた。それに対してこの三度目の懐妊では、本人も周囲も男主人公に見顕わされるまで気づかなかったという記述になっており、その意味では「読者」にさえも彼女の懐妊は彼女自身の「物思い」の陰に隠されていた、というのが特質だといえる。つまり、「読者」にも彼女の懐妊は明示されてはいなかったわけだ。初産時に見られたような〈病〉による〈孕み〉の隠蔽を逆手に取った形で、寝覚の上の〈孕み〉という事実は彼女自身の「物思い」という自覚・精神の〈病〉の奥に隠蔽されていたことになる。

では男主人公が寝覚の上の妊娠を見て取ったとき、いったい何が起こったのか。

御心地の苦しげさよりも、ものをいみじとおぼし入りたるを、殿もみな心得たまひて、「かばかりおぼすにては、手づから削ぎやつしたまひてむを、いかがせむ」と、うしろめたければ、片時も立ち離れず、よろづに泣く泣く慰めつつ、ひとへにまつはれたるやうにて見たてまつりたまへば、四月ばかりになりたまひにたる御乳の気色など、紛るべくもあらぬさまなるを、「この御心はかくにこそありけれ」と、あさましく見おどろきたまひて、「げに、いと尊くおぼしおもむかれぬべかりけり。知りながら、さはれとおぼいしか。我かかることありともおぼえたまはざりつるか。いみじく思ひのままに、心幼かりける御心かな」と言ひ知らせ、あはめきこえたまふに、あやしと思ふことどもはあれど、さのみ夢のやうにものはかなき契りあらむやはと、思ひ寄らざりけるも、げにあさましく、「憂き世を背きぬると思ひなさまし心はゆくとも、いかに見苦しく人見扱はましほどよな」と思ひやるさへ、よろづに罪浅からず、心憂く、「さりとて、かうひたぶるに立ち隠れなうなりてしも、いとど目やすかべうもなう、いかにつらき節多く、……」と、うちゆるび、思ひ直さるることはなきながら、秋のつもり、風のけはひの涼しさに、限りありける心地は、やうやうさはやかにおぼしならるれど、入道殿には、さらに起き上がり見えたてまつりたまはず。（四七五～四七七）

新全集頭注も指摘する通り、寝覚の上の「御心地の苦しげさ」よりも、彼女が何かを深く思い詰めていることこそが問題なのだと、男主人公はおおよそ正しく判断している。ただし、彼女が何を「いみじとおぼし入りたる」のかについての把握は、彼女自身による認識・把握とはやはり微妙にずれている。というのも、彼は以前このように考えていたからだ。

・宮におはして、見たてまつりたまへば、つねの御苦しげさにて、まだいと心苦しげに見たてまつるも、またいとほしく胸ふたがりつつ……後夜の加持に、御物気（＝寝覚の上の偽生霊が）現はれて……うち叩きて泣きののしるに、（女一宮方の人々は）「さればよ」と、思ひ居たるを、聞き居たまへる殿（＝男主人公）の御心地、いといみじうむつかしう、心憂し。「我を恨むるなどの気色にはあらで、いつよりもいみじう思ひ入りたりつる気色には、このことの聞こえけるにあらむ。さらば、深くも世を憂しと、思ひ飽きなむかし」と思ふに、ことわりなるを、かなしくおぼしつづけて、つゆもまどろまれず。（三九五〜三九七）

・「……さばかり類なかりし人（＝故関白）にたぐひても、我をばなほおぼし放たず、去りがたきものに思ひとどめたまへりしをりをりの言葉、『かかる基、あいなし』と、かけ離れたまひたりしかど、内の御事（＝〈帝闖入〉事件）出で来にければ、増す陰なう頼もしきものに靡き寄りしありがたさ」など思ひつづくるに（四二五〜四二六）

男主人公の推し量りによれば、寝覚の上のひきこもりは生霊の噂を苦にしてのことと解されている。だが当の彼女は自らの魂があくがれ出でていることを否定していないどころかそのように思っているのだから、この点で彼は彼女の心中すべてを把握しているとはいえないことも事実ではある。

しかしその点を除けば、生霊の噂が彼女を追いつめ、また女一宮という「基」を強く意識していること自体については、男主人公の認識は正しいといえよう。

男主人公は、寝覚の上の不調が、彼女自身考えているように精神的なものに起因することを「みな心得」ていたはずだった。ところがこの直後、寝覚の上と密着している男主人公が、「四月《よつき》ばかりになりたまひにたる御乳の気色など、紛るべくもあらぬさまなる」（四七六）、つまり妊娠四か月ほどになった寝覚の上の身体のサインが間違いなくそれと分かることに気づいたとき、彼の認識は一変してしまう。すなわち、彼女の「御心地の苦しげさ」が「ものをいみじとおぼし入りたる」ことによるものと彼には理解できていたはずなのに、身体のサインを目にした途端「この御心はかくにこそありけれ」――この御気持はみな妊娠のせいであったのだと、彼の中ではすべてが懐妊という事実に一元化されてしまったのだ。〔妊婦は気分が悪くなるものだ／気分が悪くなるのは妊婦だからだ〕という「思考の鋳型」に、彼は見事なまでにはまっている。

この時、見顕わしによって彼が確認したのは何だったのか。

過去の寝覚の上の妊娠見顕わしのうち、一度目は「御乳の気色」（五四）という身体のサインを見た対の君が「かかるべかりける御契りにて、思ひかけぬこともありけるにこそあめれ」（五四）と、二人の契りの深さを認識していた。二度目は改作本の記述を参照して想像するしかないが、夫となった左大将（＝老関白）に気付かれ男主人公との仲を咎められたらしく、やはり何らかの身体のサインを見られていた可能性が高い（もっともこれとて原作本に記述があったことそのものの証明にはならないにしても）。左大将は彼女が男主人公とただならぬ関係であることを認識した（らしい）。このように、過去二度の懐妊見顕しでは、視点人物によって「よに心づくしなる」「御仲らひ」の宿縁の深さが確認されていたのであった。

しかし今、視点人物である男主人公自身によって寝覚の上の〈孕む身体〉が見顕わされたとき、真っ先に彼が認識したのは自分と彼女との宿縁の深さではなかった。それは何よりもまず、自身の懐妊にも気付かず一心に尼になることを考え思い詰めていた寝覚の上の「心幼さ」なのであった。自身の懐妊に無自覚であったことは「幼さ」なのだと彼が判断するための前提条件はもちろん、彼女が既に二人の子を出産した経験を持つ「成熟した」女であり、そうであるからには経験に基づいて自分の身体の変調＝懐妊に気付いてしかるべきだという「思考の鋳型」に他ならない。

さらにもう一つ重要な「鋳型」がここにはある。少しも思い当たる節はなかったのか、まったくよくも尊く出家などという考えをお起こしになったものだ、なんと幼いお心なのか。矢継ぎ早に男主人公から冗談交じりの非難の言葉を受ける寝覚の上の心中はこうだ。〈たしかに変だという気がしないでもなかったが、まさかあれだけの夢のようにはかない契り、そのようなことがあるとは思わなかった……〉。三田村雅子氏が述べている通り[9]、自分自身の肉体という他者から疎外される寝覚の上（の精神）がここには語られている。彼女にとって最も遠くにあるのは他ならぬ自分の身体なのだ。あるいは井上眞弓氏の言を借りれば[10]、自己の身体・経験を言葉によって未だ対象化し得ない寝覚の上の姿があるといえる。

だがそれと同時に、彼女の身体を見つめる者の視線によって、彼女自身の精神を〈孕む身体〉へと一元化し「疎外」してゆく機制が働いていることを見逃してはなるまい。彼女が「懐妊」というレッテル＝「思考の鋳型」を付された時、彼女の精神は〈孕む身体〉の陰に隠蔽され、すべては〈孕み〉に回収されるものとして解釈・範疇化され、そこからはみ出す心の動きは不問に付され捨象されているということなのだ。〈孕む身体〉へと疎外され封じ込められた寝覚の上の精神がここにはある。

ここではもはや彼女自身も、それ以上の思考の深まりを停止あるいは放棄し、自らが「妊婦」であり、そうであるからには心身共に不調をきたして当然なのだ、自分は病んではいなかったのだという解釈に自ら回収されている。「秋のつもり、風のけはひの涼しさに、限りありける心地は、やうやうさはやかに」なったという記述も、〈孕み〉が〈病〉ではないのだという規定――現世を捨てて尼になることまでをも決意していた彼女にとっては予想外であり、かつ残酷な規定――に他ならない。生霊をめぐる記述に示されていた寝覚の上の精神の〈病〉の可能性も、今や彼女自身の〈孕む身体〉によって捨象され、後には父と男主人公へのわだかまりだけが残された。〈孕む身体〉への疎外と〈孕む身体〉からの疎外――いわば「二重の疎外」の構造が、男主人公による懐妊見顕しの一連の記述において読み取れるのである。

四　思考の鋳型――隠蔽と疎外

寝覚の上はこのような一元化と疎外とを男主人公からうけていたわけだが、それは男主人公が女一宮を〈病む身体〉へと疎外していた構図と軌を一にしている。そして女一宮にはさらなる一元化が待っている。

・「今よりなりとも、悪しかべいことにもあらぬを、心よりほかに、聞きにくき、苦しく」とばかり、言少なに答へさせたまひたる御けはひ、有様、いみじくめでたし。御心ばへ、けはひの気高さ、手うち書きたまへるさまは飽かぬことなく、「我が契り、宿世、口惜しからざりけり」と思ひ送らるるを（四八〇）

・なほなほしく言に出でてのたまはぬ御心ばへ、気色は、いみじく思ふさまに、うれしくめでたく（五〇八）

・……ときこえたまふに、なほさべき御答へはあるべきを、ただうち背きておはします。「宮たちは、ただかうぞ、事もなく、あてにおはしますべきぞかし」と、本意ある心地するものから、あまりさうざうしきも、ものをおぼし知らせたまはぬにはあらず、あくまで心深く、気高さの過ぎさせたまひて、何事も世づいて答へむは、うたておぼしめすべし。（五〇九～五一〇）

寝覚の上との仲を男主人公が女一宮に弁明する条である。長南有子氏（注4に同じ）は女一宮のこの沈黙を、内親王としての自己存在を賭けた抵抗として読むが、彼女をそのように規定する側である男主人公の視点に寄り添ってみるなら、ここには女一宮の「沈黙」――それは小山清文氏[11]が『源氏』について論じた、男にとって都合の良いように管理され抑圧された〈女〉の〈声〉と同質のものといってよいはずだ——を「宮らしい気高さ」として喜びありがたがる心持ち以外の何ものも示されてはいない。女一宮の内面は男主人公によって具体的に推し量られることなく、ただ〈世間並みに返答するようなことは心外だとお思いになっているのであろう〉という地の文に寄り添い、やはり「宮らしさ」として解釈され一元化されていくだけなのである。結局、寝覚の上の〈病〉を〈孕み〉に一元化し〈孕む身体〉へと疎外したこと、女一宮の〈病〉を「物の気」に一元化し精神を〈病む身体〉へ疎外していったことと、構造としては何ら変わりはない。

では男主人公によるそのような解釈を、物語はどう評価していたのだろうか。この件については他の地の文にも草子地にも、彼の認識のあり方を非難するような記述はない。潜められているのか無自覚なのか、見えていないのか見ようとしないのか。それは寝覚の上の無自覚さ[12]と同じ性質のものなのかも知れない。あるいはこの物語自体、そのような意識はなく無自覚であったのかも知れない。寝覚の上自身による〈寝覚の上視点からの〉自己の〈孕む身体〉についての言及がほとんど見られず、沈黙の内にこめられているのは暗示的であるといえよう。ここにあるのは、男主人公の、またそれに寄り添う語り手の、「思考の鋳型」にはめられた認識なのである。

結

自身の身体から遠く離れて〈身体からの疎外〉をうけると同時に、男主人公の視点・認識によって〈孕む女〉として規定されることで彼女自身の思考の深まりも停止し、〈身体への疎外〉という状況へと追いやられてゆく寝覚の上の物語。そこには、〈病〉と〈孕み〉とをめぐる「思考の鋳型」を逆手にとる形で、物語内現実と対読者双方に対して事実を「隠蔽」する表現があった。一方、女一宮の〈病〉と〈沈黙〉についても同様の隠蔽と疎外の構図が見て取れるのである。つまりこの二人の〈身体〉は、〈病〉と〈孕み〉とを示しつつ対をなすものとして読まれるべくあったのだといえよう。二つの「事件」の一連の記述の中で二人の女の精神を隠蔽し疎外していたのは、このような〈病〉と〈孕み〉の〈身体〉であり、またそれらをめぐる他者のまなざしに他ならないのである。

注

(1) 森正人氏「紫式部集の物の気表現」(『中古文学』六十五、二〇〇〇年六月)に従う。

(2) 石阪晶子氏「〈なやみ〉と〈身体〉の病理学――藤壺をめぐる言説――」(二〇〇〇年四月初出、『源氏物語における思惟と身体』翰林書房、二〇〇四年四月)は、このような範疇化できない心の動きを〈なやみ〉という概念の中に把捉する。

(3) 新全集本、四七七頁頭注

(4) 長南有子氏「『夜の寝覚』の女君たち――沈黙の意味するもの――」(『緑岡詞林』二十三、一九九九年三月)は、「女一宮の発病は、男君の愛の独占が不可能となったことが原因となっていることは、男君の来訪する幸福な女君に対して不幸な女一宮が点描されていることから明白であろう」とする。また野口元大氏前掲書ではこの「四月一日云々」について、

この語り口は、ヒロインの気持が内に内にと重く沈みこむのに対応して、女一宮も病いに沈むと印象づけるものではないだろうか。」(二一六頁)

と、その同時性に注目している。ただし野口氏はその病の原因を、

大后の宮の圧力は……女一宮にも強い精神的な圧迫となったのである。黙っているしかない彼女は、その苦しみを病むということでかろうじて発散しえたのではなかったろうか。(同)

と見るが、稿者としてはこの時点では女一宮の心中は何も語られておらず、決定不能といえる表現になっていることを重

く見たい。

(5) 関根慶子氏「『寝覚』の生霊をめぐって――偽生霊とその位相――」(『平安文学研究』二十九、一九六二年十一月)

(6) 野口氏前掲書・二二八頁

(7) ロジェ・シャルチエ氏『書物の秩序』(ちくま学芸文庫、筑摩書房、一九九六年四月)を参照されたい。

(8) 「源氏物語・孕みの時間――懐妊、出産の言説をめぐって――」(『日本文学』四四・五、一九九五年六月)

(9) 「寝覚物語の〈我〉――思いやりの視線について――」(『物語研究』第二集、有精堂・一九八八年八月)

(10) 「性と家族、家族を超えて」(『岩波講座日本文学史』三、岩波書店、一九九六年九月)二六四頁

(11) 「桐壺更衣の〈遺言〉の意義――源氏物語における〈女〉の〈声〉――」(『藤女子大学国文学雑誌』六四、二〇〇〇年七月)

(12) 永井和子氏は「心と身の不一致」「女性の身の矛盾」を疎ましく思う寝覚の上の心情を読み(前掲書一〇一頁)、野口元大氏は「強いて自分の体の変調に目をつぶっていた趣」(前掲書二四三頁)を読む。しかしそこまで具体的に女主人公の心情を読み取れる表現であるかどうかは疑問が残る。やはりここでは判断保留・決定不能状態の表現がとられていることの方を重く見ておきたい。

第六章　「恥づかし」という〈暴力〉——女主人公の造型と表現をめぐって

一　「恥づかし」という認識

約八年と目される『夜の寝覚』中間欠巻部を経てふたたび現れる女主人公中の君＝寝覚の上は、故関白長女の入内の「御いそぎ」をとりしきる「殿の上」、すなわち故関白殿の北の方と称される身であった。寝覚の上は万事に卓越した手腕を発揮し、督の君は入内、無事に帝から彼女への後朝の文の到着を見ることとなる。

御文には、

　大堰川しづ心なくながるるはくれ待つほどの心なりけり

北の方（＝寝覚の上）の見たまはむところ恥づかしく、（帝は）御用意せさせたまひけれど、（寝覚の上）「事しもこそあれ、かたじけなく、杣《そま》引くにしも、などたとへ寄らせたまふらむ」と見たまひける。御返りは、いとわりなくつつましげに（督の君が）おぼしたるを、（寝覚の上は）せめて書かせたてまつりたまふ。

　筏師やいかにと思ひよらぬにもうきてながるる今朝の涙を

御使ひの禄、女の装束、紅梅の織物の細長添へらるる、世のつねの事なり。すなはち、御使ひ立ち返り参るがう

れしさも、「いつのまに、我が心も、かう大人びしぞ」と、恥づかしくおぼし知らる。（二四三）

督の君入内翌朝の、安堵に満ちた微笑ましいやりとりである。しかし、このとき寝覚の上はいったい何を「恥づかしく」思っているのだろうか。

例えば新全集本は当該箇所に「『いつの間に、私の心も、こうまで母親らしくなったものか』と、ふっと恥ずかしさがこみあげるのであった」という訳をつけている。つまりこれは「母親らしくなった自分の心」に対する「恥ずかしさ」なのである、との解釈である。

なるほど文脈をたどれば、督の君のもとへ帝からの文を預かる使がすぐにやってきたことを「うれし」く思う自分、さらにいえば、帝の後朝の文への返事を「いとわりなく思っている」督の君に「せめて書かせ」申し上げた自分、そのように「大人び」た「我が心」を、彼女はどうやら「恥づかしく」思っているように読めそうだ。

けれども「大人び」とは果たして新全集のいうとおり「母親らしさ」と等価なのであろうか。そもそも、いったいここで彼女はなぜ敢えて「恥づかし」という思いを抱いていると書き記されねばならないのか。この部分はたとえば、「すなはち御使の立ち返り参るをぞ、うれしく思す。」としめくくられていても構わないはずではあるまいか。にもかかわらず、物語は彼女の抱える「大人び」ることへの「恥づかしさ」に言及していくのだ。これはいったい何を表しているのだろうか。

『夜の寝覚』という物語はたしかに「恥づかし」という心情表現にこだわっている。その「こだわり」が形作っているものに注目し、女主人公の造型とその表現のありようを追跡するのが本章の目的である。

二「恥づかし」と「我が身」――第三部から

物語本文を検討する手続きとして確認しておくならば、「恥づかし」という感情は基本的に他者と自分との比較あるいは他者を意識するところから生じるものであり、「我が身を恥ずかしく思わせるような相手のありよう・性質」と「他人を意識して恥ずかしいと思う自らの心情のありよう」との二種に大別される。当該場面ではもちろん寝覚の上が自分自身に向けた感情を指しているので、本稿の考察も後者の意味での「恥づかし」の例を取り上げる。

大まかな数量分布をあげておく。この物語において後者の意味で用いられている「恥づかし」は約四十例、複合語「かげ恥づかし」一例、「我恥づかし」二例、「心恥づかし」二例であり、これらのうち実に約三十例が中の君＝寝覚の上の心情を表すものである。また派生名詞「恥づかしさ」については十例中九例が同じく中の君＝寝覚の上の感情である。『夜の寝覚』において、特に中間欠巻部より後（いわゆる第三部）において彼女の心中に添った地の文あるいは心内語が圧倒的に多いことを考慮しても、この「――恥づかし（さ）」という語が女主人公の心情を象る重要なキーワードの一つであることは疑いないだろう。

では以下、第三部における典型的な用例から順にとり上げていくことにする。

①　さりぬべき夕暮、夜さりごとに（帝は）渡らせたまひつつ、「あはれなりし昔語りもきこえさせむ」とのみ、のたまはすれど、（寝覚の上）「世の憂きを思ひ知るよりほかの思ひやり、深うはあるまじかりし齢に、さだすぎたまへりし人にゆきかかり、隙間なう、定まりまとひし身なれば、つゆの御答へなども、いかがきこえさせむ」

など、いみじう恥づかしう、つつましきをもととして、「内の大殿を、さこそさしはなれ、おほかたには絶ゆべうもあらぬ筋は、かたがたしげきに、はかなき御返りきこえさするなどをだに、いみじう諌めたまふを、まいて、『みづからきこえさする』など、聞きつけたまはば、いかばかりおぼしのたまはむ」と思ふ（二六一）

② （内大臣は）夢の心地のみして、水も淀まぬに、多くまさる心地して、とみにものも言ひ出でられず。女も、憂しと思ひきこえたまへる心まどひの名残こそは、「いかがはせむ」と、のどまりつれ、「それなりけり」と思ひ出づるには、いと恥づかしく、「身の濡衣を、いかが聞きやしたまひつらむな。よにあらじとはおぼさじものを（三一一）

③ 上の渡らせたまふほど、女君の御隠ろへ所に、御上莚敷きなどしたるに「いかでか」など言はすべくもあらず、やがてかき抱きて、移ろはいたてまつりたまふ。人々の見思ひ、督の君などの、「さまざまにも」と思ひたまふらむほどの、これも、なのめならぬ恥づかしさに（三二二）

④ ここ（故関白邸）にも、大納言殿の上、宰相殿の上、みな渡り集まりたまひて、待ちきこえたまひければ、（寝覚の上は）下りたまひて、めづらしきにも、督の君の心苦しうおぼいたりつる、いとあはれにうち思ひ出できこえたまひつつ、「我が有様の、このほどにさまざまなることの聞こえも、この君たちのおぼさむ心も恥づかし」とのみおぼえたまへば、心地の例ならぬにことよせて、はればれしからず、御帳のうちに臥いたまひぬるに、小姫君は、御五十日のほどから渡りたまひしより、片時離るるをりなくならひたまひて、この日ごろ、いみじく恋ひ屈じ入りたまひたりつれば、宵まどひせず、待ちよろこびて、やがて懐に入りたまひぬるも、いとあはれに、「げに、など見で、あぢきなく隔てつる日ごろなり」と、我も、いみじう恋しうのみ思ひきこえたまへれば、これはしも恥づかしき思ひなく、うち語らひ遊ばいつつ（三四〇）

⑤「げに、人がらの、なべてならず目やすきとばかり見知りにしに、こよなうさだ過ぎたまへりし、世のつねの人ざまに、ひき移され、我が身をば恥づかしう、かなしう思ひ入りしほどに、憂きを知り始めしばかりにこそ、折々堪へぬあはれをば見知り顔なりしかど、今となりては、うちとけ頼みきこゆべきものとは思ひだに寄らぬことにて、まことに、いみじうつらからむ節にも、身をこそ恨みめ、人をつらしと思ひあくがるる魂は、心のほかの心といふとも、あべいことにもあらぬものを。（三八八）

⑥（内大臣が側に）つと添ひたまへるも、恥づかしう、つつましう、「入道殿はいかが見聞きたまふらむ」と思ふも、わびしければ（四五二）

⑦いとあやしからむほどを、むげに残りなくうちとけ見えたてまつらんむもいとこそ恥づかしく、「入道殿もこそ渡りたまへ。いかが見おぼさむ。姫君のかくておはするをも、あやしと心得たまはむとすらむ」など、いみじく苦しく、よろづにおぼし乱るるに（四六五）

以上①〜⑦で傍線を付した箇所に明らかだが、寝覚の上の抱く「恥づかし」という思いは、すべて何らかの形で「（我が）身」にまつわる感覚に起因している。しかもそれは単なる社会的・身分的な身分・身の上といった比喩的範疇を超えて、より実体的な身体感覚とセットであるように思われる。

年の離れた左大臣に嫁がされたときの回想と自己認識である①・⑤は、まさしく「我が身」がそれまでの在処から「ひきうつされ」据えなおされたことについての表現であるし、②・③・⑥は内大臣＝男主人公が寝覚の上の「身」に接近している最中に抱く心情である。④・⑦ではやはり男主人公と共にある「我が身」の「さまざまなる」ありようを他人がどう見るかと思うと「恥づかし」いと思っているが、それとは対照的に、赤子の時から片時も離れる時なく側においており、自分を恋い慕って「懐に入」ってきた小姫君に対しては（それがまだ深くも思いを巡らすことのない、いわけない子どもであるにしても）、我が身の側に置くことに「恥づかし」という抵抗感もなく「うち語ら」っているのである。すなわち④の例は「恥づかし」のパラメータが「身」・「我が身」の感覚と不可分であることの典型的な例と行ってよい。

彼女の自己規制が他者の視線の意識化・内在化によって起こることについてはすでに多くの論考があるのでここではふれないが、その他者の視線を意識し推し量る表現の多用（傍線箇所の助動詞「む」「らむ」「じ」の多さに明らかだ）と「我が身」の感覚を示す表現とが深く結びついていることを、ここではあらためて確認しておくべきであろう。

つまり、他者の視線・思惑を意識する自己規制が、「恥づかし」という語が本来的にもつ他者との関係から生じる意識であることに加え、寝覚の上の場合は、「恥づかし」き「我が身」という自己認識が表現上においてかたく結びついている、ということが重要なのだ。

これら第三部の例で特筆すべきは、男主人公・亡き夫（故関白）・帝といった重要人物と寝覚の上との身体的距離（あるいはその身体的記憶）がもたらす「恥」の意識が「人聞き」を慮る「恥」をもたらし、他人の思惑を推し量り己が身を他者から回避させるべく作用しているということだ。寝覚の上なる人物の造型においては、このような表現のありかたが基盤となっているのだといえる。

三　第一部における「恥づかし」——「知らぬ人」の解釈をめぐって

前節では第三部における寝覚の上の「恥づかし」という内面を語る表現が、「我が身」すなわち彼女の「身」にまつわる感覚と不可分であることについて述べた。そしてどうやらそれが彼女の推し量りと自制をもたらす〈暴力〉として彼女自身に作用しているらしい。

では帝も回想としての亡き夫（故関白）も未だ登場していない第一部では、このような「恥づかし」という心情／〈暴力〉作用の表現は見られるだろうか。第一部において女主人公＝中の君は何を恥じていたのか。またその意識は何をもたらしたのか。本節ではこれらの問題について検討を重ねてゆく。

⑧「……片時も立ち離れたまふは心細くおぼえし殿にも、中納言の上にも、見えたてまつるは、いと苦しくおぼえなりにたり。親しく使ひ馴れし人々にも、かげ恥づかしくて、「いかで、人の見ざらむ巌のなかにもと、思ひなりにたる」我が身ながら我が身とはおぼえぬに（八三）

⑨我（中の君自身）も、げに、この君（次兄・宰相中将）の見えたまはぬはおぼつかなく思ひならひにしを、身の心憂く恥づかしくなりにし後より、心の鬼に、そら恐ろしく恥づかしくのみおぼえて、さやかにも向かひたてまつることもなくて、月ごろになりにけるも（一一五）

⑩（生まれた赤子を、対の君が）差し寄せたるを、消え入るやうにのみしつつ、何事もはかばかしく思ひ分かれぬに、いと恥づかしけれど、うち見やられて、「げにをかしげの顔や」と見たまふに、深く思ひつづくることはなけれど、涙の流れ出でぬるに、はしたなくおぼえて顔を引き入れたまふ気色の、いみじくあはれなるを、見たてまつる人もいと悲しくて、みな泣きぬ。（一五一）

⑪いみじかりしほどを、知らぬ人に見えにしそのほどは、ものおぼえず苦しかりしかば、恥づかしさも、いかにもおぼえざりしを、今思ふに、いとあさましく、中将の君などの、憂き身の有様を残りなく知り扱ひたまひしも、

やうやうおぼえたまふままに、恥づかしくおぼされて、今も、さらに、さはやかに起き上がり、人に見えたまふことなし。　（一五九）

⑫　人々帰りたまひぬる名残、つれづれに、端近ううちながめて、左衛門督の、いと心うつくしうおぼしのたまひつるも、身の恥づかしさは置き所なうおぼえまさりながら　（二二一）

⑧・⑨においては、変わってしまった我が身を父や兄や姉はもちろん、親しく使い馴れていた人々に対してすら、側で見られることを恐れ恥ずかしく思う心情が語られている。その基底をなすのは男主人公との不本意な契りで懐妊し「心憂く、恥づかしくな」ってしまった「我が身」という自己認識に他ならない。それは多く直接体験を示す助動詞「き」により動かぬ事実として表される自己認識である。

また⑩では出産という（性的交渉の結果としての）身体現象を経た後の思いが表現され、⑪は中将の君などの人々に「憂き身のありさま」を残りなく見られ扱われてしまったことを「恥づかし」く思い、身を隠しがちだと語られている。⑫では出産後自邸に戻ってからもますます「身の恥づかしさは置き所な」く思われると語られる。

要するに⑧〜⑫に一貫しているのは、「我が身」がもはや「憂き身」であり「恥づかし」きものだという意識、そのような我が身を人々の視線から隔てたいという回避の心的機制なのだ。

ここで注目すべきは場面⑪である。中の君は懐妊中ひどいありさまであったのを「知らぬ人」に見られたときは、前後不覚で苦しかったので「恥づかしさ」も意識できなかったが、「今」になってその時の記憶がよみがえってくるにつれて、改めて「恥づかし」く思われ、気分さわやかに起きあがり人に姿を見られなさるということはないと語られる。

「知らぬ人」については、『寝覚』七本のうち二本（前田家本及び東北大学本）に異文「をしからぬ人」が見られるが、諸注概ね「知らぬ人」の本文を取る。ここまではいいのだが、「知らぬ人」と表現されているのは誰かという点で、諸注やや見解が分かれている。以下主なものを掲出する（※印は稿者注）。

・惜しからぬ人に―別に未練も残つてゐない大納言に逢つたあの時には。一本（※知らぬ人）の方宜し。
（藤田徳太郎氏・増淵恒吉氏『校註夜半の寝覚』（教科用）九八頁頭注）
・知らぬ人に（底本「をしからぬ人に」↓前・東本。）
（岩波大系本『夜の寝覚』一四二頁頭注）
・よくも知らない人
（関根慶子氏・小松登美氏『増訂寝覚物語全釈』二七二頁通釈）
・知らない人に
（石川徹氏『校注夜半の寝覚』八四頁頭注）
・前田本「しらぬ人」。大納言を「知らぬ人」というのは奇異だが、中君は重態で人を弁別できない状態にあったか。
（大槻修氏・大槻節子氏・新典社影印校注古典叢書『夜の寝覚　二』九九頁脚注）
・島本（※島原本）「しからぬ人」とするが、上の「ほどを」と続けて「ほど、をしからぬ人」としても、いずれも意味不明で、底本（※前田家本――後者注）「しらぬ人」を「知らぬ人」と読んでも、あまりはっきりしないが、中の君出産の周辺には、本人が未だ知らない人々もいたわけであるから、一応口語訳（※知らない人に）のように解しておく。
（関根慶子氏・講談社学術文庫『寝覚（上）全訳注』三二四頁語釈）
・自分が「もの覚えず苦し」く、「いみじかりしほど」に見られてしまった人といえば、男君以外にはありえない。
（野口元大氏『夜の寝覚　研究』（既出）一一七頁）
・誰ともわからぬ男に（※現代語訳）

ひどく重篤であったところを、見知らぬ人に見られた、の意か。底本「いみしかりしほとをしからぬ人に」。前田本・東北本による。重態の中の君が、人を弁別できないところから、大納言を「知らぬ人」と表現したものか。このあたりから、中の君の心に沿った地の文。（※頭注）

（鈴木一雄氏・新全集一五八～一五九頁）

このように「しらぬ人」の本文を採る、またはよりよい本文とみるところまでは概ね一致しているが、その指示内容を大納言＝男主人公と見るか、中の君周辺で本人に面識のない人と見るか、なお検討の余地があるようだ。話の筋から考えると、出産前衰弱状態にあった中の君にひそかに会いに来た男主人公（九八～一〇一）を指しているると見て矛盾はしないように思われる。それが人を弁別できぬほどに彼女が衰弱していたからだということも納得がいく。ここではそれに加え、『源氏物語』のある場面を参照項として挙げておきたい。

（浮舟は）つひに、かく、本意のこともせずなりぬると思ひつつ、いみじう泣くと思ひしほどに、その後のことは、絶えていかにもいかにもおぼえず、人の言ふを聞けば、多くの日ごろも経にけり、いかにうきさまを、知らぬ人にあつかはれ見えつらん、と恥づかしう、つひにかくて生きかへりぬるかと思ふも口惜しければ、いみじうおぼえて、なかなか、沈みたまへりつる日ごろは、うつし心もなきさまにて、ものいささかまゐるをりもありつるを、つゆばかりの湯をだにまゐらず。（妹尼）「いかなれば、かく頼もしげなくのみはおはするぞ。うちはへぬるみなどしたまへることはさめたまひて、さはやかに見えたまへば、うれしう思ひきこゆるを」と、泣く泣く、たゆむをりなく添ひゐてあつかひきこえたまふ。ある人々も、あたらしき御さま容貌を見れば、心を尽くしてぞ惜しみたまひける。

（手習巻、六・二九七）

入水未遂後、意識を回復した直後の浮舟の心情と状態が語られる場面である。傍線を付したとおり、『夜の寝覚』の場面⑪はこの浮舟の場面と非常によく似てはいないだろうか。「知らぬ人に見えにし」「知らぬ人に……見えつらん」をはじめ、「憂き身の有様を残りなく知り扱ひ」「うきさまを……あつかはれ」、「ものおぼえず」「絶えていかにもいかにもおぼえず」、「さはやかに……見えたまふことなし」「さはやかに見えたまへば」（妹尼の視線として）というように、語句の一致や状況の類似は一目瞭然だ。

さらに進めて言うならば、全集本の『源氏』頭注が「うきさまを……あつかはれ見えつらん」の部分について、「看病だけでなく、身の回りのことまで世話してもらったことをいう」と述べ、また「恥づかしう」については「記憶にないことなので、よけい想像は羞恥心をかきたてる」というとおり、浮舟が自分の「身」を「知らぬ国」の「知らぬ人」たちに扱われていたことを想像し恥じ入る感情は、多分に身体を意識する感覚と不可分のものとして表現されている。そして出産という事情の違いこそあれ、場面⑪における中の君もまた、意識不明瞭であった自分の「身」が自分の無意識のうちに他人に見られ扱われていたことを「恥づかし」く思っていたのだと語られていた。

また、問題の「知らぬ人」という表現は、『源氏物語』では十九例中七例までが、親・身内との対比の上で「（自分が）よく知らない人」という文脈で用いられ、しかも宇治十帖に集中している点に特徴がある。この浮舟の心情表現も、その中のひとつなのだ。

肉親ではない「知らぬ人」に身のありさまを見られかつ扱われたことを「恥づかし」と思う浮舟と、同じく「知らぬ人」に孕む我が身のありさまを見られたことを、意識を取り戻した後に振り返り「あさまし」「恥づかし」と思う中の君の思いとは、二重写しとして読める。今この二つの場面に、「我が身」を自分の意識の外で身内でない者に――

『寝覚』の場合はおそらくこの中に男主人公も含まれるのだろう――見られ扱われることを疎ましく思い恥じ入る女たちのそれぞれの状況を重ねてみることは十分許されよう。いや、そのように読めるような表現をこれらの場面はもっている。このことは、従来指摘されてきたように第一部の中の君像が浮舟のそれの転移であり、浮舟の負っていた主題をもひきうけるものであること(1)と矛盾しないばかりか、それを補強するものだといえよう。

四　「恥づかし」と〈予言〉

前掲⑪の引用部分には「我が身」を「知らぬ人」、身内ではない者・他者（この中には結果的に男主人公も含まれていよう）によって見られ扱われたことを恥じ回避しようとする内面の語りを見て取れる。そして⑧〜⑫で確認してきたとおり、第一部での中の君の「恥づかし」という思いには、男主人公によってかつて「だいなしにされた」「我が身」、男主人公が寄り添い側にある「我が身」への、他者のまなざしを意識する心的規制があった。

彼女の「恥づかし」という意識は、第一部及び第三部（つまりは現存部分）を通じてほとんどがこのような思いに集約されているといってよい。そしてその基底には、男主人公とのあやにくな契り――の一言では済まされるわけはないが――によって他人の視線を受けることも「恥づかし」くなってしまった「我が身」という、実体的な身体感覚とその記憶に密接に結びついた自己認識がある、そのように表現されていることが確認できる。

このような中の君／寝覚の上の内面の語りこそが、彼女の「精神的外傷（の深さ）」を示し、他者の内面を推し量り彼女自身に対して自己を規制するべきベクトル＝〈暴力〉として作用しているのだといってもよい。なぜなら中の君／寝覚の上を取り巻く他者の視線のや語り手のことばもまた、男性がゆくりなき契りを強いることを非難し、また中の君の「身」がだいなしにされたことを強調するように表現されているからだ。

⑬（中納言は）やがて紛れて、姫君を奥のかたに引き入れたてまつる。……（対の君が）ゐざり入るに、かかれば、言はむかたなく、思ひまどふなども世のつねなりや。くだくだしければとどめつ。かたみに聞きかはして心かはしたらむにてだに、ゆくりなからむあさましさの、おろかならむやは。まいて（突然押し入られた当の中の君とそれを知った対の君、二人の）心のうちどもはいかがありけむ。脱ぎやられたる直衣、指貫の手あたり、にほひは、えもいはずあてなる気色しるけれど、心の慰むべきかたなく、「……この御身も、今はいたづらになりたまひぬるにこそあめれ」と思ひつづくるに、あたらしう、口惜しく（三二）

「くだくだしければとどめつ。」以下「いかがありけむ」まで、完了の「つ」及び過去推量の「けむ」が用いられていることからも明らかだが、ここは語り手の評言である。そして「くだくだしければとどめつ。」という表現はいわゆる物語常套の朧筆であるのも諸注指摘するとおりである。

しかしここで止まれないのが『寝覚』だ。「微に入り細に入り語るのはうっとうしいので控えておいた」といい、たしかに状況説明はしていないが、その代わりに、男女一般の最初の性的交渉を引き合いに出して、中の君と、彼女の後見役である対の君が受けた衝撃の大きさをあぶり出してみせる。「互いに思いを伝え心を交わしあっている間柄であってさえ、相手の男性が突然侵入してきたときの驚きは並みひととおりであろうか、そんなことはなかろう」と、このあまりにも唐突な出会いが、いかに女主人公にとって苦痛を強いたかということを、物語ははっきりと示しているのだ。

それに続く対の君の衝撃もまた、「姫様の御身も、今はだいなしになってしまいなのであろう」と、かなりの激しさである。そもそも「いたづらになる」という表現は、「身の破滅」あるいはもっといえば「死」を強く喚起するものではなかったか。たとえば『源氏』で匂宮が浮舟に、

八重立つ山に籠るとも必ずたづねて、我も人もいたづらになりぬべし、なほ、心やすく隠れなむことを思へ
（浮舟巻・六・一六四）

と語らっていたことが想起されるし、『夜の寝覚』はさらにこの言を「引用」して、

……ただ今年のうちにこの位をも捨てて、八重立つ山の中を分けても、必ず思ふ本意かなひてなむ、やむべき。いみじく思ふさまに定まり果てたまひぬとも、それを、さて聞くべきにもあらず。『人の見聞かむところなども、よろしくたどるべきわざにもあらざり』と、すべて現心もあるまじければ、『我も人も、いたづらになるべかりける事の様かな』となむおぼゆる」
（二八二）

という帝の激情に重ねている。(2)

この他さらに『伊勢物語』第二十四段「……我が身は今ぞ消え果てぬめる／と書きて、そこにいたづらになりにけり」（新全集本一三九～一四〇）などの例を加えることもできるが、対の君の内面として語られているのは、それがどれほど高貴な男（それを察するだけの物証もある）の行為だとしても、まさしく「死」にもおとらぬ、姫君の「御身の破

滅」に他ならぬという激しい認識であることは確認しておくべきだ。

姫君の「身」がだいなしになってしまうことが「将来的破滅」に直結するというこの認識は〈女〉の「身」の公私の両義性を実に鮮やかに示しているが、中の君／寝覚の上の「恥づかし」という内面が繰り返し語られているのは、このような「身」の記憶に根ざす表現であるといえよう。

つまり対の君が、中の君の陥った状況に対して――もっと言えば見も知らぬ高貴な男性にその「身」を、さらには行く末をも「だいなし」にされた中の君に対して――抱く思いは、天人予言のそれと呼応しているのだ。むろんそれは中の君の比類なき美質を前提として成り立ち、そのように表現されてもいるわけだ。そこから「あたらし」という評価を下すのも、対の君の認識からすれば当然のことだが、この言葉は、この物語冒頭の天人の言葉「あはれ、あたら、人のいたくものを思ひ、心を乱したまふべき宿世のおはするかな」（二十）を引き寄せる。しかもこれは中の君の「夢」という感覚・記憶に深く刻み込まれている言葉でもあったはずだ。

では中の君は自らに与えられたこの天人の「夢」をどう扱っていたか。そこにあるのはまさに「恥づかし」という言葉なのであった。

⑭　夢をば、恥づかしうて、なかなかに語りつづけず。（一八）

「恥づかし」という言葉を追跡し物語を第三部から第一部へとさかのぼってきたその果てに、物語の冒頭、天人の予言と天界の秘曲とを与えられた中の君の姿がある。現存本『夜の寝覚』において中の君が初めて「恥づかし」という思いを抱くのは、天人から自らに与えられた「夢」を語ることについてなのであった。「我が身」への「恥づかし」

という思いと、自分の見た天人の夢を他者に語ることに対する「恥づかし」さ、そして天人の「予言」と対の君の思いの連動。この表現の連動は、意外な場面とのさらなる共鳴をみせる。

⑮　（寝覚の上が琵琶を掻き鳴らし）風のさと吹きたるに、木々の木末ほろほろと散り乱れて、御琴に降りかかりたるやうに散りおほひたる、折さへいみじきに、（父入道）「ただ今物思ひ知らむ人もがな。大臣（＝男主人公）渡りて見たてまつりたまはむとき、いかにかひある心地せむ」と思ふほどにしもぞ、渡りたまひたる。御琴の音どもを尋ねてこなたにおはしましたるを、うれしくかひありとおぼして、待ちよろこびきこえたまふ。御琴の音どもの弾きやまるるも、（父入道）「諫めて、聞かせたてまつらむ」とおぼしたり。殿も、「いみじくさぶらひけるほどかな。折よく参りてさぶらひける」と、御気色いとよくて、さまざまに限りなく見たてまつりたまふに、上の、御琵琶はひが事にもあらむと、恥づかしくおぼして、せめて弾きとどめ、几帳にすべりかくれたまひぬるを
（四九三～四九四）

いわゆる「天人降下事件」の発端が「これをただ今、物思ひ知らむ人に見せ聞かせばや」（一七）という、中の君を見つめる父・源太政大臣の思いであり、この思いに導かれるように天人が夢に現れたという事実自体は永井和子氏[3]の指摘するとおりであろう。それに加えて確認すべきは「物の心が分かっているような人にこの姿を見せ、音色を聞かせたい」という父の密かな望みに呼び寄せられてやって来たのが「人」ではなく「天人」であったという事実である。このことについては既に第一章で論じてきた。

それに対してこの場面⑮ではどうだろうか。風や木々も呼応するかのように見事な、娘（とその子どもたち）の演奏

に「ただ今物思ひ知らん人もがな」と、やはりあの運命の「秘曲伝授」の夜と同じように、彼女の奏でる音色を知るのにふさわしい聞き手を求めて父は感慨にふける。だがあの夜とは異なり、すぐ続けて導き出されるのはさらに具体的な人物＝「大臣」、すなわち男主人公なのである。彼が来てくれたらどんなにか甲斐ある心持ちがするだろう、そう感嘆する父入道の思いに呼び寄せられたかのように、いや、物語的にはまさに呼び寄せられて、男主人公が姿を見せるのだ。

第一章でも述べたように、冒頭での中の君の父の感慨と、五巻本巻五での父が抱くこの感慨とは、重ね合わせられるべくして表現されているとおぼしい。それだけに、寝覚の上が「恥づかしく」思って琵琶を強いて弾きやめ几帳の向こうへ「身」を隠してしまう、この違いがより際だって見えてこよう。同時に「恥づかし」という内面と「身」を隠すという回避行動が結びついている点に、これまで通して見てきた女主人公の造型とそれが根ざす「身」の感覚との集約された形を見ることができるであろう。

結

以上、女主人公の抱える「恥づかし」という心情を第三部から第一部へとさかのぼって追跡してきたが、寝覚の上の抱く「恥づかし」という内面の表現は、他者の思惑を推量し他者の視線を回避しようとする感情と結びついていること、それは彼女の「身」にまつわる感覚やその記憶と密接に結びつき彼女自身の「身」を律する〈暴力〉として作用する表現であることが確認できたかと思う。

とすれば、本章冒頭に挙げた問題の場面で寝覚の上が抱く「恥づかし」という思いの根底にもまた、そのような

「我が身」を恥ずかしく思う認識・自己抑制が働いていたと読むことも不自然ではあるまい。

亡き夫から託された長女＝督の君の入内。それは帝が督の君の「身」に性的に接近したことを示すものであるし、「後朝の文」にはもちろんそのような性的意味が露呈している。寝覚の上は義娘の付き添いとして帝からの使者を待ち受け、そして「いとわりなく、つつましく」思う督の君に強いて返事を書かせた、そこで彼女がふと抱く思いこそ、

「いつの間に、わが心も、かうまで大人びしぞ」

という感慨であったことを強調しておきたい。

繰り返すが、ここで彼女はなぜ敢えて「恥づかし」という思いを抱いていると書き記されねばならなかったのか。この部分は「すなはち御使の立ち返り参るをぞ、うれしく思す。」としめくくられていても構わないはずだった。にもかかわらず、物語は彼女の抱える「恥づかしさ」にまでも言及するのだ。これをたとえ「我が身」の感覚と切り離して「一人前の人の親らしく振る舞っていることへの恥ずかしさ」と考えたとしても、自らの心の「成長」への違和感や齟齬、あるいは〈汚れてしまった「我」という悲しみ〉へのこだわりの一端を、またそのように彼女を既成の「ありうべき姫君像」に囲い込む枠組み――第五章で述べたような「思考の鋳型」はここでも作用している――を、この場面はささやかでありながらも雄弁に表しているといえるのではあるまいか。

いつのまにか「大人び」ていた自分の心にふと気付き恥ずかしさを感じるというのは、言うなれば彼女自身その「大人び」た「我が心」や態度に自ら違和感を抱いたからなのであろう。長女の入内当日までの準備に張りつめた日々を送ってきた彼女の、ふともらした自分の心への違和感、自己をみつめるまなざしが、このような些細な箇所に

までもうかがい知ることができる、この物語はそのような表現をもっているのである。

「成長する女君」と言われる彼女だが、その「成長」は決して単線的ではなく、むしろ心身の違和感と「成長」へのためらい・自制に満ちている。第三部に至り自らの懐妊について気づかなかったことを「心幼さ」として冗談交じりに非難されるくだりも、(4) そのような「成長」の「綻び」を示すものとして位置づけられるだろう。

いやそれこそが「成長」のありかただというのならば、まさに『夜の寝覚』はその姿までをも克明に描ききっているのだというべきであろう。このように読める可能性をもって表現されていること、そしてこのような些細な場面にまでも、〈女〉の「身」というもののありようをも了承するかのように大人びてしまった自分に対する「恥づかし」さというものに言及してしまわずにはいられない表現のありようにこそ、この『寝覚』という物語の批評的位相をみて取れる、ということなのである。〈女〉が「我が身」を〈心〉のままにする物語の出現は、もう少し先を待たねばならなかった。(5) しかしそれはおそらくは『夜の寝覚』という作品を後代の作品が積極的に「誤読」し、「〈身〉を〈心〉とする女君たち」の系譜を形作っていったものだと考えられるのではあるまいか。

本章で追跡してきた「恥づかし」という心情語が象る、女主人公をめぐる表現のありようには、『夜の寝覚』の重要な側面が看取できるといえよう。

最後に、ある場面を挙げておきたい。

……からうじて、男にて平らかに生まれたまへる、うれしさぞ類なきや。

姫君の御時には、さらにも言はず、隠しまどひ、思ひ嘆きつつ、関のあなたにひき忍びたりしに、尋ね行きて見思ひし悲しさは、いかばかりの心地かはせし。若君の御時には、はた人（＝寝覚の上の夫であった故左大将側の人々）に扱はせて、よそのものと聞きなしていみじくおぼえしに、（自分＝男主人公と女主人公が数年ぶりに）行きめぐりて、程なく、深き契りのしるしにさし出でたまひたる、（男主人公は）うれしさもあはれもすぐれて、生まれ落ちたまふすなはちより、抱き上げて、臍の緒なども我が手づから、他人に手触れさせたまはで、思ひよろこびたまひたるさまの限りなきを、見たてまつり知れば、殿の内の人、ひとへに心地よげにうれしげにて

（五二三〜五二四）

物語終盤近く、現存部分ではほぼこれが最後の〈事件〉となる、寝覚の上第三子誕生直後の場面である。

この場面、「……を見たてまつり知れば」から後ろは謙譲語「たてまつる」や「〜げ」（〜のようだ、に見える）という語が用いられていることから考えて、「殿の内の人」つまり男主人公宅の人々からの視点と見られる。一方それ以前の叙述は、女主人公の一度目及び二度目の出産を振り返っていることから考えて、男主人公視点に寄り添う語り手の言葉と見てよいだろう。

では女主人公の、また彼女に寄り添う語りはどこにあるのだろうか。どこにもない。したがってここにはかつて男主人公をも含めた「知らぬ人」に〈身〉を扱われた時のような「恥づかしさ」が語られることはないのであった。

彼女はついに自分に与えられた〈予言〉と我が〈身〉にまつわる「恥づかしさ」を捨て去ることができたのだろうか？　彼女はそれほどまでに男主人公を頼みにしきっているのだろうか？　そこまではこの物語は語ろうとはしない。答えはただ「からうじて」出産を終え朦朧としているであろう彼女の胸の内にあるとしか言えない。

前章末尾でも述べたとおり、寝覚の上視点からの自己の〈孕む身体〉――ここでは〈生む身体〉ではあるが――に

ついて言及されず、沈黙の内にこめられているのは非常に暗示的、決定不能的な表現であるといえよう。ここにあるのはやはり、男主人公と彼に寄り添う語り手の「思考の鋳型」――二人が世間公認の仲となり大っぴらに二人の契りの深さを示す子の誕生を盛大に祝える状況が「ひとへに心地よ」く「うれし」いものである、という「鋳型」――にはめられた認識なのであった。

女主人公が、

・「いかでか、人（＝男主人公）の御心かくしもあらむ」（五四五）

・「この世は、さはれや。かばかりにて、飽かぬこと多かる契りにて、やみもしぬべし」（五四六）

と、男主人公の嫉妬に悩みつつ、満足の行かないこの世の契りについてひそかに嘆息をもらすのは、この場面よりもう少し先、現存部分末尾のことである。

注

（1）池田和臣氏「源氏物語の水脈―浮舟物語と夜の寝覚―」（「国語と国文学」六十一の十一、一九八四年十一月）

（2）この「引用」の意義については第三章において論じた。

（3）「寝覚物語の老人」（永井氏前掲書）

（4）第五章を参照されたい。

（5）　この問題については、萩野敦子氏「〈身〉を〈心〉とする女君たち――『浜松中納言物語』『松浦宮物語』の転生と影――」（「日本文学」第五十七巻五号、二〇〇八年五月）が詳細に論じている。

第七章　「ことわり」という認識――『夜の寝覚』の男主人公と『源氏物語』

一　論じられない「男主人公」の心的傾向

本章では、『夜の寝覚』の男主人公論はなぜ少ないのか、というところから話を始めたい。物語冒頭に据えられた課題である「よに心づくしなる例」である「寝覚めの御仲らひ」（一五）の相手としてほぼ全編にわたって登場する男主人公その人、言うなれば「仲らひ」のもうひとりの主役たるべき彼を中心に据えた論が非常に少ないのはなぜか、という疑問が本章の出発点となっている。

一応、その理由として容易に想像できるのは、まず女主人公・中の君＝寝覚の上が明らかに中心人物として語り出されているこの物語においては、ほぼ全ての事象が女主人公の苦悩に収斂していく構造を持つため、必然的に従来彼女中心に読まれてきたから、ということである。この他、物語の中で具体的な人物像を結びにくいから、いわゆる「成長」する女主人公と違い男主人公は「成長」しないから、叙述が散漫・平板だから、などと考えられてきたことが挙げられる。結果として、女主人公論の添え物のようにして必要に応じて言及される、それが男主人公の『寝覚』研究史におけるポジションだったのである。

しかし「よに心づくしなる」「御仲らひ」の相手として、あるいは一登場人物としてニュートラルにとらえた上で、男主人公をめぐる表現分析はやはり必要ではないか。女主人公中心主義によらない分析は可能であるし、そこから逆に女主人公を振り返ることもできるだろう。具体的には、例えば永井和子氏（前掲書）が「心的深化を示さない」「観念的存在」「自身で反省めいたことを考えることはあまりない」とし、また野口元大氏（前掲書）が「ヒロインの心を……ほとんど理解していない」「相手の身になってみるやさしさを欠いた誠実」とするような男主人公像(1)の、いわば再検討が必要ではないかということなのである。

そこで『寝覚』の男主人公の心情パターンを明らかにするために、「ことわり（なり）」という言葉を手掛かりとする。なぜなら、この物語では「ことわりなり」四十六例、「ことわり」三十一例と、『源氏物語』と比べても文章の短さに比して用例数が多く、さらに男主人公（中納言、内大臣などの呼称で示される）が「ことわりなり」「ことわり」合わせて三十二例と、用例のうちの半数近くを占めているからである。このことから男主人公の心的傾向を示すことばのひとつとして「ことわり（なり）」を挙げることができる。

小学館『古語大辞典』によれば、

万葉集・竹取物語には名詞「ことわり」三例のみ、宇津保物語では、形容動詞とみるべき例をまじえて「ことわり」七例だけで、動詞の例はない。蜻蛉日記は「ことわり」八例、「ことわる」二例である。源氏物語は名詞二九例、形容動詞一五〇例に対して、動詞一二例を数える。〔原田芳起〕

という。このことから『源氏』本文との長短の違いを考えても『寝覚』の用例数は決して少なくはなく、さらに男主人公についての用例の多さは注目に値するべきものであることがわかる。

さて「ことわり（なり）」という言葉は、状況やある人のおかれた境遇や心境を推し量りまた分析し「もっともである」「理にかなっている」という判断によって状況を飲み込もうとする分別を表すものである。この姿勢が、『寝覚』の男主人公の、人聞きをはばかる姿勢と結びつく身の処し方と関わっていることが予想される。一方「ことわりなれど」と逆接で用いられる場合は、状況を打開しようとする意志に結びつく文脈・展開が期待されることにもなる。

このように物語の展開に有機的に作用する「ことわり（なり）」について、以下『夜の寝覚』前史としての『源氏物語』と『夜の寝覚』とを比較しつつ、検討を加えていく。

二　光源氏の特異性――『源氏物語』の「ことわり」から

『源氏物語』の「ことわり（なり）」については上地敏彦氏[2]の考察があるが、上地氏論は『源氏』における「ことわり」の「文芸的内実」「文芸的意義」を明らかにすることを目指したものである。本章では視点を変え、「ことわり」の用例ひとつひとつを見ていくと、以下に述べるような、他の人物に対する光源氏という主人公の特異性が明らかになる。

A　（藤壺の）思し乱れたるさまも、いとことわりにかたじけなし。（若紫巻、一・二三二）

B　常よりも心苦しげなる（六条御息所の）御気色をことわりにあはれに見たてまつりたまふ。（葵巻、二・三四）

C　いたうわづらひたまひし人（＝葵の上）の、御なごりゆゆしう、心ゆるびなげに誰も思したれば、ことわりにて御歩きもなし。（葵巻、二・四三）

D　（嘆く右近に、源氏）「ことわりなれど、さなむ世の中はある。別れといふもの悲しからぬはなし。とあるもかかるも、同じ命の限りあるものになんある。思ひ慰めて我を頼め」とのたまひこしらへて
（夕顔巻、一・一七九～一八〇）

E　とりわきてらうたくしたまひし小さき童の、親どももなくいと心ぼそげに思へる、ことわりに見たまひて、
（源氏）「あてきは、今は我をこそは思ふべき人なめれ」とのたまへば
（葵巻、二・六〇）

F　（藤壺が春宮のことを）我にその罪を軽めてゆるしたまへと仏を念じきこえたまふに、よろづを慰めたまふ。大将も、しか見たてまつりたまひて、ことわりに思す。
（賢木巻、二・一三八）

G　六条わたりにもいかに思ひ乱れたまふらん、恨みられんに苦しうことわりなりと、いとほしき筋はまづ思ひきこえたまふ。
（夕顔巻、一・一六三）

H　「……げにかくあはめられたてまつるもことわりなる心まどひを、……」
（帚木巻、一・一〇一）

I　「……よし、今は見きとなかけそ」とて、思へるさまげにいとことわりなり。
（帚木巻、一・一〇二）

J　（夕霧の元服を）二条院にてとおぼせど、大宮のいとゆかしげに思したるもことわりに心ぐるしければ、なほやがてかの殿にてせさせたてまつりたまふ。
（少女巻、三・二〇）

K　（源氏、末摘花に返事）「かへさむといふにつけてもかたしきの夜の衣を思ひこそやれ
（あなたが衣を返すとおっしゃるのも）ことわりなりや」とぞあめる。
（玉鬘巻、三・一三九～一四〇）

L　（紫の上）目に近く移ればかはる世の中を行く末とほくたのみけるかな
古言など書きまぜたまふを、取りて見たまひて、はかなき言なれど、げに、とことわりにて、
（源氏）命こそ絶ゆとも絶えめさだめなき世の常ならぬなかの契りを
（若菜上巻、四・六五）

以上は光源氏に関する例である。一見して分かるとおり、連用形「ことわりに」や終止形「ことわりなり」で、かつ順接の文脈が多く見られる。

「ことわり」と思う対象は、A「藤壺の惑乱」、B「いつもよりも心苦しそうな、六条御息所のご様子」、C「重く臥せっていたなごりの葵の上を心配する人々」、D「主人を亡くした右近の嘆き」、E「身寄りもない童の不安な様子」、F「(不義の子に代わり)自らが罪を引き受けようと仏行に励む藤壺の様子」、G「六条御息所の惑乱、恨まれる自分」、H・I「思い悩む空蝉の様子」、J「夕霧元服の儀を見たがる大宮のお気持ち」、K「衣を返すという末摘花の気持ち」、L「定めなき世の無常を嘆く紫の上の様子」となっている。

光源氏が思う相手の心情や置かれている状況などを推し量り、「もっともなことだ」と飲み込み理解を示す姿勢が顕著であるといえる。

ただし次にあげるように会話文中の例では、

M「うちつけに、深からぬ心のほどと見たまふらむ、ことわりなれど、年ごろ思ひわたる心の中も聞こえ知らせむとてなむ。……」　(帚木巻、一・九九)

N「げに、うちつけなりとおぼめきたまはむもことわりなれど、

初草の若葉のうへを見つるより旅寝の袖もつゆぞかわかぬ

と聞こえたまひてむや」　(若紫巻、一・二一六)

O「数ならぬ身を見まうく思し棄てむもことわりなれど、今は、なほいふかひなきにても、御覧じはてむや浅か

らぬにはあらん」と聞こえかかづらひたまへば
（葵巻、二・三二）

などのように「ことわりなれど」と逆接で用いられ、相手の言い分を認める姿勢を示した上で自分の言い分を提示しようとする文脈になっているものがあるが、用例数はさほど多くはない。これらは会話文ならではの心理的かけひきがはたらいているといえそうである。

以上が『源氏』における光源氏の「ことわり」の傾向である。

三　「ことわりなれど」――光源氏以外の男たちの場合

前節では光源氏の抱く「ことわり」からは他者の思いを理解し飲み込もうとする姿勢がうかがえることについて見てきた。

では光源氏以外の男たちの例はどうだろうか。

a　（柏木）ことわりとは思へども、（小侍従は）うれたくも言へるかな、いでや、なぞ、かくことなることなきあへしらひばかりを慰めにてはいかが過ぐさむ
（若菜下巻、四・一五三）

b　（柏木の文）「……いかがなりぬるとだに御耳とどめさせたまはぬも、ことわりなれど、いとうくもはべるかな」
（柏木巻、四・二九一）

c　女君（＝雲居の雁）は、帳の内に臥したまへり。入りたまへれど目も見あはせたまはず。つらきにこそはあめ

れと（夕霧は）見たまふもことわりなれど、憚り顔にももてなしたまはず御衣を引きやりたまへれば
（夕霧巻、四・四七二）

d　（匂宮は中の君を）よろづにこしらへたまへど、（中の君）「心地もなやましくなむ」とて入りたまひにけり。人の見るらんもいと人わろくて、嘆き明かし給ふ。恨みむもことわりなるほどなれど、あまりに人憎くもと、つらき涙の落つれば、ましていかに思ひつらむとさまざまあはれに思し知らる。
（総角巻、五・三三七〜三三八）

e　（中の君が）泣きぬべき気色なる、すこしはことわりなればいとほしけれど、（薫）「これは咎あるばかりのことかは。……」
（宿木巻、五・四二七〜四二八）

f　（中の君が人目を気にして中に入ったので、薫は）ことわりとはかへすがへす思へど、なほいと恨めしく口惜しきに、思ひしづめん方もなき心地して涙のこぼるるも人わろければ、よろづに思ひ乱るれど、ひたぶるに浅はかならむもてなし、はた、なほいとうたて、わがためもあいなかるべければ、念じかへして、常よりも嘆きがちにて出でたまひぬ。
（宿木巻、五・四五二）

g　宮、（浮舟が）かくのみなほうけひくけしきもなくて、返り事さへ絶え絶えになるは、かの人（＝薫）のあるべきさまに言ひしたためて、すこし心やすかるべき方に思ひ定まりぬるなめり、ことわりと思すものから、いと口惜しくねたく
（浮舟巻、六・一八八）

柏木、匂宮、薫の抱く「ことわり」においては、光源氏の「ことわり」が多く順接で用いられていたのに対し、b・c・d「ことわりなれど」、f「――とは思へど」、g「――ものから」など、目につくのは逆接の文脈ばかりである。光源氏の会話文中にわずかに見られた「ことわり＋逆接」の例とは明らかに異なり、これら三者の例では、

「ことわり」の後の文脈に続くのは、b「うし」、c・d「つらし」、g「恨めし」、f・g「口惜し」、g「ねたし」など、「恋」する相手への恨み言が非常に多いのである。これは光源氏にはほとんど見られなかった心的傾向である。

またそれぞれ「ことわり」と思う対象について確認しよう。aが小侍従のつれない返事について（しかもこれは若菜下巻頭におかれており重要性に注意すべきであろう）、b「（私が）どうなったかとだけでも耳をとどめてはくださらない」ことを嘆く柏木の思い、c「雲居の雁が夕霧と落葉の宮とのことで心を痛めているのだろう」ことを「もっともだ」としながら特に憚る様子もない夕霧、d「中の君が自分（＝匂宮）を恨むこと」、g「（浮舟が）ただこのように承引する様子もなく、手紙の返事までも途絶え途絶えになるのは、あの人（＝薫）が、もっともらしく言い含めて、少し安心できそうな方に思いが定まったのだろう」という匂宮、e「（中の君が急に接近した薫を非難して）今にも泣きそうな様子なのを、もっともではあるが」といって口説きにかかる薫。fも同様の薫の思いである。

これらはいずれも彼らが「恋」する相手の薄情さや自分への恨みごとに対する反応であり、〔ことわり＋逆接〕は男君たちの弁解や恨みごとへと転じる文脈で語られている点に共通性があるといえる。

光源氏に関する「ことわり」が、相手の状況や心情を道理とわりきって飲み込む態度を示していたのに対して、彼らのそれは「ことわり」と納得する枠に収めきれないことを示している。このように「ことわり」に注目すると、光源氏と柏木・夕霧・匂宮・薫との対照性が明らかになる。そのように読めるように、『源氏』は語られている――表現を選び取っているように読める――といってもよいだろう。

四　『夜の寝覚』男主人公の「ことわり」

ここまでは光源氏とその他の男君たちとの姿勢の違いについて「ことわり」を通じて指摘した。では『寝覚』の男主人公はどうだろうか。第一部の例から順次見ていこう。

1　（対の君が訴えに耳を貸さず文も受けつけないのを、男主人公）ことわりに、恨みやるべきかたなく、我も人も、あいなかりける人違へに、あらぬ名のりを変へつつ、はかなく空にただよひて、互ひにかかる契りの、前の世まで恨めしきに、「身を知らずは」と、心は思ひなされず。「心づくしなりや。いかにせむ」とのみ、明け暮れはわぶる気色もて隠せど、いかが人も思ひ咎めざらむ。（七七～七八）

2　（対の君）「……そのおもむきのさまざまに乱れさせたまはむ、たが御ためもいとあいなく。後行く先まではたどり思ひたまへはべらずや、ただこの際は、いかで人に知らせじと、嘆き思ひたまふるばかり」と言ふ。げにことわりなるに、（男主人公は）言ふかたなき涙のみ尽くして（九一～九二）

3　（男主人公は、対の君が伝言や文を受け付けないのを）すこしことわりなれど、「いみじくあるまじく便なきことといへども、いとかくしもあるべきことか」と心憂けれど、我も、ひとへに人目をつつまず、押し破るべき事の様にはあらねば、沸きかへる心地して忍び過ぐしたまふに（九八）

まずは順接の文脈で「ことわり」が出てくる。その対象はいずれも対の君をはじめとする女主人公側の女房たちで、彼女の態度がすげないこと、またいかに人に知らせないかに腐心していることに対して「もっともだ」と思い、その結果として「うらみやるべきかたなく」「言ふかたなき」と行動は閉塞する。3は逆接だがそのあとは「……押し破るべきことの様にはあらねば」とやはり自制につながっている。

このような自制の積み重ねの後に出てくるのが次の4である。

4 （中の君に添い臥した男主人公にむかって）対の君、「あが君や、などかくあやにくに、心憂き御心にかあらむ。いとかく思ひやりなくなどは、よも、とこそ思ひきこえさせつれ」と、いみじと思ひてあはむれど、（男主人公）「すこし世のつねにもてなしたまはましかば、つゆの心を慰めてこそはあらましか。ことわりながら、いとどあとを絶ちたまふ恨めしさに、現心もなくなりにけるぞや。ともかくも、なのたまひそ。ただあち寄りて、さりげなくもてなしたまへ」とのたまふに、言ふかひもなし。（九九～一〇〇）

自制に自制を重ねた男主人公はついに「現心もなくな」ってしまい中の君のもとへの侵入に及ぶ。人聞きを慮る基本的な彼の造型には似合わぬ思い詰めぶりであるといえるだろう。

5 （対の君が）つと掛け固めて、いささかの風のまよひもあるべくもあらずのみもてなせば、（男主人公は）いみじく心憂けれど、げにそれもことわりなれば、夜は寝覚め、昼はながめくらしてのみ過ぐしたまふ気色（一一〇）

6 大納言（＝男主人公）、さなめりと心得たまふに、「あなあさましのことどもやとおぼすに、（中の君側の人々が）いとど、憂さにかけ離れゆくは、ことわりかな。いかに見聞き思ふらむ」と思ひやるに（一七七）

7 （少将の君に、男主人公）あさましくあとを絶ちたるさまの恨めしきを、泣く泣くのたまひて、かつは、「憂き世の有様を、げにかくおぼし飽き果つるもことわり。されど、それは様にこそよれ。……」（一九二）

8　「さても、少将、からくなむ。渡りぬるとばかりは告げよかし。ことわりながら、あまりたけくも、我を放たるるかな」と、恨めしきにも、忍びがたければ、

（男主人公の文）思ふらむ憂さにもまさる今とだに告げで入りにし人のつらさは　（二〇四）

5～8も1～3と同趣で対の君側の対応のすげなさを「もっともだ」と考える。男主人公は再び自制に入り、中の君側の人々の心境を思いやる（5、6）。しかしその後、7で少将の君に訴えかけ、8で手紙をしたためるに至る。〔自制→行動〕のパターンがここでも繰り返されている。

次は男主人公の「恨めし」という心情が引き出されている箇所である。

9　（男主人公は、入道殿（寝覚の上の父入道）が風邪をひいたので中の君もそちらへ渡った、と少将の君が言うのを聞き）「……さる御言づけなくとも、ただ、ただ、『あるまじう、便なきことなり。めざましう、つらくもあるを、かかる事な聞かせそ、となむ、のたまはせつる』と、ありのままに語らむは、恨みどころなきことわりにて、雪にまどふまどふも帰りぬべきを、あらはに、虚言、つきづきしくとりつづけらるるかな」と、恨めしげにおぼいたるを　（二一一）

10　世の中いみじうつつましう、恐ろしう（中の君は）おぼして、かかる山里に、あるにもあらず心苦しうながめつつ、言はでおぼしたる御気色の、心細う、今日などもながめくらさせたまひつる御気色の、見たてまつる人もやすからぬよしを、これ（＝少将の君）さへ、けはひなつかしくしめやかに、ことわりかなと聞こゆばかりうちいひて、涙落とす気色、いとことわりなるに、（男主人公は）え恨みも果てられず。さすがにいと聞かまほしく、

問ひ聞かれて、なになり袖の凍りもやらず、流れ添ふ　（二一二）

9では「本当のことをありのままに語ってくれたら、どこにも恨みようもなくもっともなことで、雪道に心惑いつつも帰ってしまうだろうに」という仮定の中での「ことわりなり」であるが、実際にはそうではないからもっともなことだとも思えないし恨めしいのだ、という述懐になっている。「ことわり」が仮定と結びついている点で、光源氏の例と近いものがあることに留意したい。

10では少将の君が中の君の様子を「もっともなことだな、と聞こえんばかりに言って涙を落とす」のに対応して「ことわりなり」という心情が引き出されている。同じ理解の地平に彼は立っている。

しかしこのあと、積み重ねられてきた「ことわり」という飲み込み・自制の果てに、彼は働きかけることもやめて相手の心を試すかのような沈黙に至るのである。

11　ことわりと思ひ知るほども過ぎて、あまり心憂ければ、いとほしとや思ひ知ると、それより後、かき絶え、音もしたまはで、年もはかなう返りぬ。　（二一六）

「もっともだと思い知る程度も過ぎて」、「心憂し」という心情が彼を沈黙へと向かわせる。ここでは「ことわりなり」と認識する容認の限度が設定されており、その限度を明らかに超えているのだ、という記述になっている。このことからも、物語の結節点を示す「ことわり」の重要性がはっきりする。

以上の第一部の用例からは、中の君方の状況・心情を考えて「ことわり」と現状を飲みこむ男主人公の姿が読みとれる。それは中の君付き女房たちの「推し量ってください」という要求とも矛盾しない。

・（対の君）「……月日の過ぎはべるままに、いかにもてなしたてまつるべきかと、また言ひ合はする人もはべらぬままに、ただ朝夕心一つを乱りたまへるほどは推し量らせたまへ。……」（九〇）

・（対の君）「……このほどよりは、いつよりもさりげなくこそ。かたはしにても心得る人出で来なば。ただ推し量らせたまへ。……」（九三〜九四）

このように対の君＝女主人公側の者から「推し量り」を要求されている男主人公だが、たしかに彼は物語表現上その要求に応えてもいた。

「我があるを、おのづから見聞き知りもやしにけむ。うちとけて出で入りもしつる、さはいへど、いかに見聞きつらむ。わづらふとのみ聞きわたるは、かやうの心乱れにこそありけれ。思ひ寄らざりけるよ」と、人の心のうちをさへ推し量るに、言ふかたなくぞあるや。（七五）

その後4に見たように思いあまって行動する男主人公だが、女主人公側から見れば、それは「推し量らせたまへ」との要求に反する、迷惑な行為であるはずだ。しかしそれは彼の思い詰め方が尋常ではないということの表現でもあるのだ。何しろ彼は「世の聞き耳ことわりうしなわぬ御心」（五一二）の持ち主である。あれほど心用意していたのに「現心もなくなって」しまうほど思いが深いのにそれが仇となる、という展開になるのは必然であり、「恨む」男主人公像が引き出されてくるのもまた必然であろう。またその「恨み」はみずからの運命にも及ぶ。

「さばかりにほひうつくしかりしかたちに、ものをいみじう思ひ乱れて、世を捨てたまへる親の御陰に隠れて、いかばかり心細く悲しかるらむ」と推し量らるる面影の、ただ今向かひたる心地して、「その嘆きのままに、我をつらからぬやうあらじ」と思ひやらるるに、さばかりあはれなる人に、かう物思はする我が契りさへ、恨めしく悲しきに　（二一〇）

中の君の心情を推し量りつつ、「ことわりと思ひ知るほども過ぎて」、消息も絶ってしまう男主人公の姿で第一部は終わる。

本節では第一部の男主人公の「ことわり」と「推し量り」を手掛かりに、〈自制→行動→自制→沈黙〉に至るまでを概観してきた。女君側から要請される「推し量り」を男主人公は受け止め、女君側の心情を自ら推し量り筋道を考えて「ことわりなり」と飲み込んでいく。飲み込みきれなくなったとき彼は行動に出るが、それもまた「ことわり」と相手方を推し量る自制に回帰し、ついには沈黙に至るのである。「ことわり」が文脈上に置かれる重要性に改めて目を留めておく必要があろう。

五　向かい合う「推し量り」

12　〈男主人公は〉「なになり袖の氷とけず」と、嘆き明かしたまひてし朝より、あまりよろづのことわりを思ひ許し、心をもあながちにのどめ過ごす、ことわりも過ぎてまめやかに恨めしく、人目恥づかしきまでおぼし知るれば、「いかが、のたまひ、おぼしなる。いとほしともや、おぼし弱る気色見ゆる」と、心みるとて、御消息もなくて
（二二九）

一見、第一部の終わりと同じような場面に見えるが、実は物語は中間欠巻部の断絶を経て第三部に入っている（これはその第三部の冒頭なのである）。11と同様に「いとほし」と思ってくれるかどうか、相手方の心情を試すような感情が見られ、第一部末と変わらず接続しているように見える。ただし、二人の間に流れる時間の経過もあってか、男主人公が「ことわり」と飲み込む対象は、女主人公側の人々の態度・状態全般から、女主人公その人へと向かっている。

13　いとあはれげなる（女主人公の）気色を、いとど添へ増いたるに、いみじからむ過ちを、さしあたりて見つけたりとも、え咎め思ひとどむべうもあらず。「故大臣も、かくてよろづを消ちてし、ことわりなりや」と（男主人公は）思ひ知らるるものから、なほ、胸苦しきままに
（三一六）

これは、寝覚の上の夫であった故関白に同調する心情である。「よろづを消ちてし」という状態が寝覚の上ゆえであるので、彼女とも関わる例であるといえる。

14　あらましごとには涙をさへこぼしつつ、さぞおぼすらむの推し量りごとを（男主人公は）恨みのたまふに、（寝覚の上は）面赤みて苦しげにおぼいて、「かうのみよからぬものに、あはつけうおぼしよる、ことわりなりや。悪

しうならはいたてまつりし我が御ならひぞや。かく言はれたてまつるにも、身よりほかに、つらきものこそなけれ。かばかり言ふかひなく、物思ひ知らぬ心にも、などて心憂かりし忍もじ摺にかはありけむ。それをあはれとおぼし知る人も、なかりけるものを」とのたまひて、忍びがたげなる気色のいみじさに、（男主人公は）「げに、ことわりなりや」と、かへすがへす、百返りおこたりを言ひ尽くいても、いとかう見るままに、いよいよめづらしう、類なき心地のみまさるままに、やすからず、うしろめたきなりけり。（三五六〜三五七）

男主人公の「推し量り」に対して、寝覚の上は「ことわりなり」と言い、「身よりほかに、つらきものなけれ」と我が身のつたなさを嘆く。それに対して男主人公も「げに」と彼女の訴えを飲み込むのである。お互いにお互いの心境を飲み込む態度が向かい合わせになっている。この構図は第三部で何度も繰り返される。

15　（女一宮の具合が悪くなったという伝言に、女主人公は）いみじく心苦しげなる気色に、（男主人公）立ち離るべうもおぼえねど、「かく聞きながらおどろきて参らざらむも、いとあやしかるべし。さりとて、おびえおきて、程なく立ち返りなむを、我にてことわりと思ひ許すべきことならずかし」と、おぼしわづらひ、いみじくうち嘆きたまふ気色を、（女主人公は）「さなめり」とおぼしければ、かたはらいたく（三九四）

ここも二人の推し量りが向かい合う場面である。

16　「我を恨むるなどの気色にはあらで、いつよりもいみじう思ひ入りたりつる気色には、このことの聞こえけるにやあらむ。さらば、深くも世を憂しと、思ひ飽きなむかし」と思ふに、慰めどころなく、ことわりなるを、かなしくおぼしつづけて、つゆもまどろまれず。（三九七）

寝覚の上の心情を推量した上で「ことわり」と飲み込む男主人公。以下、「ことわり」が近接しまとまって出てくる箇所になる。

17　「（自分が女一宮の許へ行ったきりだったという）その一筋にてだに、罪避るべきかたなきに、憂きことをさへ言ひののしるを聞き添へたらむ心地、いかでかは『憂し。いみじ』と思ひ離れざらむ」。かたがたに言ふかたなきことわりなる、ただ身を責むる心地して（四一八）

18　（帝からの文が寝覚の上に届き、男主人公）「何事につけても、ふり離れ、見えず知られじとのみおぼされたる、ことわりなりや」とうちながめ出でたまふに（四一九）

19　都のおぼつかなさも忘れて、その夜も、昔のことをさへ、かきつづけ、あはれに悲しくおぼしつづけらるるままに、泣く泣く恨み尽くいたまへど、聞きだに入れで、その夜も明けぬ。さてのみあらむも、いとすずろに、宮の御有様もおぼつかなからぬにはあらぬに、よろづに、（男主人公自身の）身のことわりをも人のつらさをも、いみじく言ひおきて、出でたまふ空もなし。（四二〇〜四二一）

20　姫君（＝石山の姫君）、（女主人公に）見なれたてまつりたまひて後、いみじく恋しく思ひ出できこえたまひつつ、遠くさへ渡りたまひにけるを、心細く物悲しげにうちながめつつ、忍び音がちに屈じたまへるを、いとどことわりに、心苦しく（男主人公は）見たてまつりたまひて（四二四）

21 （女主人公が）我（＝男主人公）をば、こよなう浅く、心隔てある者に、心置き疎まるる、いみじきことわりに、言はむかたなきままに、御文を、日々に、立ち返り十枚ばかりに、立ち返りおこたりを書き尽くいたまへど （四二六）

22 （女主人公の体調が悪いのを知らぬ男主人公は）「ただ返り事せじと、のたまひなすなめり」と、つらう悲しくのみ思ひきこえたまひて、「あまり人にくく、際高なる御もてなしなりや。かくは見たてまつらざりつる御心を、あまりになれば、ことわり」とのみ心得おぼすに （四三五）

これらの例では「ことわり（なり）」の連体形、終止形、連用形、語幹用法が立て続けに用いられ、男主人公の「身を責むる心地」「ながめ」「心苦し」「（自分の）おこたり」という心情がさまざまに引き出されている。しかもこれらの前に置かれた場面では、男主人公は、寝覚の上の思い悩む心情をおよそ正確にたどりあてている存在だと見なされているのだった。

いつも、かならずうけばりもて出づべきものとは、おぼし寄らぬ有様なるに、ことわりなる御暇のなさを、恨めしうなども思ひ寄らぬことなから、殿の推し量り思しつるにたがはず、「あいなの身の有様や。いつも、ただ、かくぞかし。まして、今はとうちとけ頼み果てては、いかばかりなべき心の乱れにか。いかならむついでに、なだらかなるさまにて籠り居にしがな」とは、寝覚めの夜な夜な、おぼし明かさぬにしもあらぬに （三七一〜三七二）

寝覚の上の心中を述べる前に「男君の推し量りに違わず」と置き、つまり男主人公の推量は正しいのだと物語は言うのである。たしかに女主人公への彼の理解、推し量りは、十分に彼女がそう思うに至る状態・心境を探り当てているように見える。このような飲み込みの積み重ねの上に出てくるのが次の例である。

23　「宮（＝女一宮）の御心地のほど、ありしことども（寝覚の上の生霊の噂を）聞くごとに、をこがましくも妬くもおぼえしかど、さることこそあれときこえ出でむも、待ち聞きたまはむ（あなた＝寝覚の上の）御心地、いとものぐるをしかりぬべかりしかば、さることのほかのこと、いまだまねびだにせられでやみにしを、（あなたは、わたくしのことを）ひたぶるにおろかにつらきにや（お思いになるのですか）。かくことづけたまふ（かこつけて出家の決意をなさる）ほどの、ことわりにもあり、また幼う。さる人のうけひき思はむほどの心をば、違へてこそよからめ。いと思はずに、返りて浅かりける御心も、ただ我が身からとなむ、はづかしき」とのたまふ（四五〇〜四五一）

寝覚の上が出家の決意を固めていく心情の経緯を「もっともなことだ」と推し量り飲み込む男主人公は、ここへきて彼女の出家の決意を「幼う」「浅かりける御心」と断じる。このときの男主人公はそうでも言わなければ到底彼女を引き止められないと考えていたのかもしれない。それを耳にする彼女は「それほど重大なこととも思いませんでしたのに」とかろうじて言い返すしかない。

このあと、彼女の長きに渡る不調は実は懐妊中ゆえであったことを男主人公は見顕わしてしまう。(3) そのとき彼女に発せられた言葉もまた、「心幼かりける御心かな」（四七六）であった。男主人公の前には彼女は理解不能の存在ではなくなり、彼は心理的に優位にたっていることが見て取れる。彼女は出家を断念せざるをえず、男主人公のもとに迎え取られるのだった。すなわち、23の場面はいわば「ことわり」の論理がほどけた場面であり、『源氏』にはない物語のありようなのである。

24　「故殿の……（男主人公との仲にふれると私の様子が変わるのを見て）いみじき過ちしつとおぼして、ひきかへ、こしらへ慰め、思ひながら、かけてもかけたまはざりしものを。……（男主人公は私を）あまり心もなきものと、あなづりやすくおぼすなめりかし。いかに世を思ふらむなど、憚りおぼすところのなきよ。いみじく物思ひ知り、なべてならぬものに言ひ思はれたる人も、憂き我からに浅くなりぬる方は、その御心のけぢめもなかりけるをや」と、あいなく、我があながちにつつみ、従ひたる心を、悔しくおぼしつづけて、答へもせず、ただつくづくとうちながめ出でて、いと引き隠し、ことなしびにて入りなむとするを、（男主人公は）ひかへて、御心の内推し量り、気色見るに、いともいともいみじきことわりに、我があまりの心に、今より後のことをもこのついでにとり出でむと思ひて、くまなく昔恋しき気色を見るより悔しくなりて、ひきかへ、いみじく慰めこしらふれど、（寝覚の上が）さだに思ひつづけ、ながめたちぬれば、（男主人公は）姥捨山の月見む心地して　（五三九〜五四〇）

この場面は23で見た二人の状況になんとぴったり対応していることか。「自分のせいで思慮が浅くなっているお心」というのは以前男主人公が寝覚の上に言っていたことそのままである。しかしそう思われている当の男主人公は「御心の内推し量り、気色見る」だけの思慮があるというのである。彼の推し量りの正しさはここまでの物語叙述で保証されていることになろう。

そして彼はかつて彼女の夫関白が「こしらへ慰め」ていたように「いみじく慰めこしら」えようとするが、結局は

「姥捨山の月見む心地」＝「（我が心を）なぐさめかねつ」、の状態に至る。彼は女君の心をおおよそ理解はしているが、ときほぐすにはいたらないのである。結果としてそれは故関白に比して男主人公の力量が不足していることを露呈させる。〔自制→行動→自制→沈黙〕のパターンはここでも繰り返されていた。

25、26　飽かずわびしく、とばかりながめ入りて、院に立ち帰りたまひても、おぼしたりつる御気色のことわりに、（男主人公）「故大臣の、よろづの罪を消ちたりける名残の心おごりに、我がいささか思はずなる一言葉をば、いと浅く、憂きものに思ひしみ入りたまへる、ことわりなりや」（五四二）

男主人公はたしかに「私（＝男主人公）の少し思いがけない一言を、とても思慮が足らぬつらいものと思い詰めてしまわれるのももっともなことだ」と、女主人公の思いを言い当てているが、その彼女の態度が「故大臣が寝覚の上のよろずの罪をなき物とした名残の心おごり」に由来するものだ、というのは、いかがだろうか。寝覚の上に肩入れする「読者」としては聞き捨てならないものに見えるだろう。例えばこのあたりの表現が、本章冒頭に挙げた永井・野口両氏のような辛口の男主人公評価に強く作用しているのではないかと考えられる。しかしいずれにしても、女君の心情によりそい推し量ろうという男主人公の態度、「ことわり」という飲み込みの姿勢に重きを置いて読むことで、従来考えられてきた男主人公像とはまた違う側面も見えてきたのではないだろうか。

結

本章では『寝覚』の男主人公をめぐって用いられる「ことわり」ということばを分析の主たる対象とし、これと関わる「推し量り」ということばをも手掛かりにして男主人公像を概観してきた。彼は、女房たちの要求する「推し量り」に表現上応えるように女主人公側の状況や心情を飲み込み、それが重なると行動に出て物語を進展させ、さらにまた自制し行動に出、あるいは沈黙する〔自制→行動→自制→沈黙〕のパターンをくり返し含み持つのであった。第三部では女主人公・寝覚の上の心情を「違はず」推し量るだけの度量をもち、「ことわり」と飲み込み受け入れようとする存在として物語に保証されている。従来の辛口の評価による男主人公像とは少々違い、大筋では「相手の身になって考える」し、「反省めいたこと」も考える、この物語世界においては「理想的」な人物としてあるのであった。

彼は、光源氏も含む『源氏物語』の主要な男性たちの様々な要素を受け継ぎ組み合わせられた存在であるように見える。ただし、14、15、24のように、『源氏』には見られないような場面をつくりだす存在でもあった。そのような場面に『寝覚』の批評性が見えるという点で意義を見いだせる。またそこには男主人公像の基本線と同時に独自性も表れているのだ。

『源氏』において展開の要所要所に周到に配されていた「ことわりなり」ということばは、『寝覚』においてみごとに「誤読」されているとおぼしい。またそのようにして『寝覚』の『源氏』に対する批評性が獲得されているともいえるのである。さらにいうなら、『寝覚』からその前史として・『寝覚』に〈奉仕〉するものとしての(4)『源氏』へと遡及してみることで、光源氏とその他の男たちとの差異があらためて際だって見えてくるだろう。

注

（1）このことについては次章で詳述する。

（2）「『源氏物語』の「ことわり」――その「もののあはれ」と近接する文芸的内実についての考察―」（「岡大　国文論稿」三十、二〇〇二年三月）、「『源氏物語』における「ことわり」の文芸的意義について―「あはれ」の対象たり得る表象内実の考察より――」（「岡大　国文論稿」三十一、二〇〇三年三月）

（3）このあたりの機微については第五章において論じた。

（4）この問題については第二章において論じた。

第八章　『夜の寝覚』の男主人公再説――物語史のために

一　論じられない「男主人公」

前章において、稿者は「ことわり」「推し量り」という語を手掛かりとして、光源氏と他の主要な男君たちとの差異・対照性を指摘し、『夜の寝覚』の男主人公を「光源氏も含む『源氏物語』の主要な男性たちの様々な要素を受け継ぎ組み合わせられた存在であるように見える」としつつ、『源氏物語』とは異なる場面を作り出す存在でもあったことを指摘し、そのような場面に『寝覚』の批評性――「誤読」のありよう――が見えると論じた。

稿者のこの指摘は、かつて『源氏物語』以後の男君たちを「光源氏型と薫大将型」とに分類し、『夜の寝覚』の男主人公を「薫型」であるとした三谷栄一氏『物語文学史論』(1)とは立場を異にするものであった。

では、そのような男主人公に注目することによってどのような物語世界が見えてくるのか、前章とは角度を変えて考察を加えていきたい。

二　『寝覚』の男主人公――永井氏の論より

『寝覚』研究史において男主人公論は非常に少ない。しかしたとえば、「寝覚」「夜半の寝覚」「夜の寝覚」という三つの題号をめぐる題名論など(2)は、男主人公論につながる余地がある。第一部の「寝覚」は男主人公のもので、第三部の「寝覚」は女主人公についての状態であり、和歌的な恋の悩みとしての「寝覚」「夜半の寝覚」から、より苦悩の深い「夜の寝覚」への変化が見られるとの重要な指摘があったことは見過ごせない。しかし裏を返せば、題名論もやはり男主人公の影の薄さを示していることに変わりはない。

そこで、断片的にせよ男主人公についてある程度まとまった記述が見られるふたつの研究書を改めて概観してみたい。

まず検討したいのは永井和子氏『続寝覚物語の研究』（既出）の次のような記述である。

○中君は人間として変貌をとげるが、主人公は心的深化を示さない（二九）
○皇統でもなく、超人的な麗質を備えず、日常性を超えたロマン性もない（九二）
○反光源氏（九三）
○（男君の理想性を作り上げたのは――稿者注）「一夫一婦」という個別的な愛に対する、女性の側でのきびしい欲求ではなかったか。……そのような理想性を帯しているが故に、寝覚の主人公は物語の流れの中で変容をとげることがない。女主人公が成長し、物語の現実の中で微妙に変化しているのに比して、主人公は著しく観念的存在であ

る。その観念性が、今度は逆に女主人公の存在さえも底の浅いものにし、物語全体を精彩のないものとする結果となる。（九三）

○この主人公は、自身で反省めいたことを考えることはあまりない

○作者の理想とした、一途に女性を恋う、という理想像は……第一部ではそれが、純粋な、深い、ひたむきな愛情として好ましくとらえられていた。ところが、第三部では、同じそれが、女一宮の存在を考えるにせよ、くどく、狭量な、生硬さを持った、柔軟性に乏しいもの、としてやや否定的に中の君側から把握されるようになる（一〇〇）

○このように、男性の主人公は、光源氏以来の伝統である、理想像という部分まで形骸化するほどに、女性の側に中心人物たる位置をあけ渡してしまった。理想的な、一途に一人の女性をのみ愛するという好もしい主人公が、その変貌しないというこれまた理想的な位置づけによって、逆に、次第に変化し、成長する物語の流れから取り残される、という奇妙なことになってしまうのである。（一〇四）

○寝覚物語の主人公は、右のように「主人公」ではないところに行きついたのであり、それは同時に後期物語世界が次第に自らを追いつめて行く姿でもあったと考えられるのである。（一〇六）（一〇七）

永井氏による男主人公批判はおおよそ、男主人公は「心的深化を示さ」ず、「反光源氏」的であり、「反省めいたこと」も考えず、「理想像という部分まで形骸化」してしまっている、というものである。

しかし前章で述べたとおり、『夜の寝覚』の男主人公は基本的に光源氏的な理想的造型がなされており、女君方の要求に応えるべくものを考え自制しようとする側面を持つ人物でもあった。

光源氏と比べたときに見えてくるのははたして「光源氏」に「反」するものとしての男主人公なのか。「『主人公』ではないところに行きついた」と言えるのか。ここには再検討の余地があろう。なぜなら、繰り返しになるが『寝覚』の男主人公には光源氏的な要素が含み込まれており、基本的な造型・描写もまた、十分に光源氏的であると言えるからである。

ではここで男主人公像についての描写をいくつか挙げてみよう。

a　左大臣の御太郎、かたち、心ばへ、すべて身の才、この世には余るまですぐれて限りなく、世の光と、おほやけ、わたくし思ひあがめられたまふ人あり。年もまだ二十にたらぬほどにて、権中納言にて中将かけたまへる、ものしたまふ。関白のかなし子、后の兄、春宮の御をぢ、今も行く末も頼もしげにめでたきに、心ばへなどの、さる我がままなる世とても、おごり、人を軽むる心なく、いとありがたくもてをさめたるを、（二一〜二二）

b　「ゆくりなくあはつけき振舞は、おのづから軽々しきことも出で来るを」と、ありがたくおぼしをさめたる心なれど、我ながらあやしく鎮めがたきを（三〇）

c　よに知らぬ露けさなりや別るれどまだいとかかる暁ぞなき

いたく思ひ乱れ、ひとりごちたるけはひの、なのめならずなまめかしきも（三五）

d　「我ただならぬ気色にや見ゆらむ」とおぼせば、他事に言ひなしつ。（五三）

e　いみじく心のうちに深くも浅くも思はむことを、人の、色に出でて、目とどむべくもあらぬ御様なれば（六二）

f　御様、かたちは、めでたくきよらになまめきて、人を、なべては、さらに見入れ馴らしたまはず、気高く、も

の遠き有様に　（六七）

g　限りなくかしづきたてられて出でたまふ男君のめでたさ、きよげなるにほひ、物思ひ忘れ、老いも退くばかりなるを　（八〇）

h　歩み出でたまふ後ろ、もてなし、あくまで静やかに、なまめかしく、心にくく、指貫の裾までにほひこぼるるやうなり。　（八六）

i　なほざりのあさはかなる一言をのたまふに、情々しく、あはれにこ深き気色を添へたまふ人がらに、まして心の限り尽くしたまふは、いみじからむ何の岩木も靡きたちぬべきに　（九〇）

j　司召に、大納言になりたまひぬ。いとどやむごとなくなりたまふさま、咲き出づる花のやうにはなやかになりまさる御にほひのめでたさを　（九七）

k　夕べの空を、階に寄りかかりて、つくづくとながめ入りたまへるかたちは、つねよりも言ふかたなくにほひけうらに、もてなしざまは、静かに、心にくくなまめきて　（一〇九）

これらの引用箇所に顕著だが、男主人公の基本的な造型は「ありがたくもてをさめ」、かつ「きよら」、「きよげ」、「けうら」、「めでたし」、「にほひ」、「なまめかし」といった「光源氏型」の表現によって成り立っている。つまり『寝覚』の男主人公はこの上もなく理想的な、あえて分類するならば「光源氏型」の主人公として語られているのである。たしかに女主人公・中の君のような天上界的な理想性・超越性はもってはいないし皇統でもないが、「この世には余るまですぐれて限りなく、世の光」と語られ、この世ならぬほどにすぐれていること限りなく、「世の光」とうたわれているのは、彼の理想性がいわば「地上を代表する男性」として語られていることの証といえよう。

いささか大胆な物言いになるが、『夜の寝覚』とは、いわば〈光源氏〉が〈かぐや姫〉に出会ってしまった物語なのではないだろうか。

もちろん『源氏物語』においても、光源氏は紫の上という最上級の女性と出会っているわけだが、『夜の寝覚』の場合はより直接的に『竹取物語』との重ね合わせが行われており、中の君＝寝覚の上が〈かぐや姫〉であることも既に先行研究(3)により示されている。しかしここではさらに歩を進めて、男主人公が光源氏との重ね合わせであることを認めることによって、『夜の寝覚』は〈光源氏〉が〈かぐや姫〉と出会ってしまった物語なのだ、と言いたいのである。それは前章で述べたように男主人公に〈光源氏〉性を認めることによって、初めて見えてくる物語風景なのであった。

三　『寝覚』の男主人公――野口氏の論より

次に野口元大氏『夜の寝覚　研究』（既出）を見てみよう。

○　なほなほしきあたりに、我まだきに知られじとて、（中の君や対の君には――稿者注）名乗りもしたまはず。という態度をとるのである。これは、当時の通念からすれば、二十歳にも足らぬ中納言の思慮としては、あくまで貴族らしい理想性の一面をなすべきものだったのであろう。（一〇〇）

○中納言は、もともと世の人聞きを慮り、万事につけて目やすくもてしずめた性格の人物として設定された。（一〇九）

○その性格が物語構成上の要請から大きく規定されていた　（一一一）
○装飾的辞句、言葉の過剰　（一一四～一一五）
○巧みによそわれた自己弁護　（一二三）
○これは……ヒロインの心を男の側ではほとんど理解していない、この事（女一宮を妻としていること――稿者注）が彼女の心にどれほど致命的な打撃になるのかを、感じ取るだけの繊細さに欠けていたということであるが、内大臣にしてみれば、女一宮の存在を無視できない以上、これは最も誠実な態度ということになるのである。相手の身になってみるやさしさを欠いた誠実というのは、いかにもこの内大臣らしいが、今それはしばらくおく。それよりも、当時の一般的常識であったとはいえようが、彼にとって、女一宮の存在は無条件の前提だということを、ここで確認しておくべきであろう。　（一二五）
○月光の下に絵に描いたように美しい男君、物語的理想像そのものであろう。　（一五六）

野口氏の論は永井氏の論と比べて、男主人公の「理想性」をより重視している。しかし「相手の身になってみるやさしさを欠いた誠実」とあるのには少々意義を唱えたい。彼は前章で述べた通り、女主人公の心を「推し量り」、自制しようとする側面ももっていたからである。

また野口氏論の引用箇所のうち、一つ目にあげた「当時の通念からすれば、二十歳にも足らぬ中納言の思慮としては、あくまで貴族らしい理想性の一面をなすべきものだった」とある部分については、近年、高橋由記氏[4]により修正論が出されている。高橋氏論によれば、史実として受領階級の母を持つ摂関は存在する。しかし、摂関・藤原長者の嫡子が受領階級の女と結婚した例は一つもない。摂関家嫡子は出自の高い女を室とするのが通例なのである。男君が但馬守女との結婚をあくまでも避けたのは、源太政大臣家の大君との結婚が決まっていたこともあろうが、摂関家嫡子にとっては当然の決断だったといえよう。

という。史実に照らして、物語序盤での男主人公の判断は正当なものだったというのは妥当であろう。

このような観点からは、「政治」を描くことがないように思われる『寝覚』にも「政治」的側面が読みとれるということが見えてくる。野口氏が女一宮と彼女の降嫁について「政界における男君の地位の保証」（二四七）というのもうなずける。

一方で野口氏はまた、石山姫君入内についてもこのように述べている。

男君にとって、石山姫君の東宮妃としての入内は、かなり差し迫った、どうしてもやり遂げなければならない課題であった。またそのことは、西山の入道はじめ、周囲の者が皆意識するところでもあった。そして、そのためにヒロインをことさらに鄭重に、京へ迎え出だそうとしているわけであったし、そうした叙述は重なっていた。入道が……姫の前途に望みをかけ、これまで内心に秘めながら実現を諦めざるをえなかった無念さを取り返そうとしているのは、それが同時にこの一族の念願でもあったからなのである。その点で、ヒロインの里方の人々と男君の間には、ほぼ完全な了解が成り立っていた。彼が、「世の聞き耳ことわり失わぬ御心にて、宮の御方に二夜、こなたに一夜と」通いながら、「我なればこそ、せめて思ひしのびてあながちにはもてなせ。ただ心を心とせむ人は、帝の御女といふとも、あながちに心を分けじものを」と、絶大な自信をもって自らの態度を肯定しているのも、こうした基盤に立ってのことなのである。

（二四九～二五〇）

つまり男主人公は「政治」的側面を色濃くもつというのだが、物語表面にはこのような政治的な側面は前景化されてはいない。しかし少なくともこのように読める可能性も胚胎していることには注意しておく必要があろう。(5)

四　「心深」き「推し量り」と〈第三の予言〉

さて永井・野口両氏の男主人公論を見てきたところで、本節では角度を変えて「心深し」ということばに注目したい。(6) これは思慮深さや人としての深み、物事の趣深さ、といったものを表す語であるといえるが、『夜の寝覚』においてこの「心深し」をもって多く形容されている人物は帝である。しかし「誰の目から見て『心深し』なのか」と考えると、この形容は主として男主人公視点から見た帝の行為や外見に関連して用いられていることに気づく。まずは男主人公視点に先立つ語り手評の例を挙げる。

（帝歌）のちにまたなかれあふせの頼まずは涙のあわと消えぬべき身を

まことに、かきくらさせたまへる御気色の、心深く、なまめかせたまへる御様の、いとなべてならず、艶に、限りなくぞおはしますや。

（二八三～二八四）

この語り手の詠嘆を込めた叙述を補強するように、これ以後、男主人公視点からの帝への「心深し」という評価が続くのである。

・「……さばかり気高く、あてに、心深くなまめかせたまへる御有様見たてまつりて、人には殊に、げにさもや、うち思ひ、靡きたてまつりぬらむ」と思ふに、妬く、わびしきに（二九八）

・ただ、我になりて見るだに涙とどめがたく、心深く書きつくさせたまひて、
（帝の文）「鳰の海や潮干にあらぬかひなさはみるめかづかむかたのなきかな
来む世の海人」
と書かせたまひたる、見どころいみじきを、（男主人公）「女にては、いかでか、かうのみ書き賜はせむを、あはれにかたじけなく、思ひ弱る心のなからむ」と、胸ふたがりまされど（三二八）

・「女にて、いとかかる御気色の、いかでか見知られ、あはれならぬやうはあらむ。御かたち、けはひ、いと気高うなまめき、心深う優におはします。御文の書きざま、まことは、かばかり見どころ限りなう、かたじけなき言の葉尽くさせたまへる。人の御程、上をきはめさせたまひたりとは、世のつねなりや。（三五五）

あくまで上品で高貴、考え深くしっとりと美しいご様子、手紙の書きざまもいかにも思いの深い帝、というのが、男主人公から見た帝の様子である。この評価は、世間普通の女性であればこのご様子を前にしては平静ではいられまい、もしかすると寝覚の上も帝になびいてしまうのではないか……という心配や焦りにつながっている。自分にはない「心深さ」をもつ帝という人物に対する嫉妬、これが彼の視点からの「心深し」評の特徴であるといえる。

しかし当の帝は「ただ人なりとも、げにその人ばかりぞ、なずらふべかりける。」（二五九）と考えている。帝は「その人」すなわち男主人公こそが寝覚の上に似つかわしい相手であると考えており、「心深い」帝にそのように思われていることによって男主人公の優位性が保証されているのだ。また、「なまめかし」という語は、男主人公その人にも用いられていた表現でもあったことを想起されたい。男主人公は充分に帝に比肩する存在として物語内に存在しているのである。

ところでかの思い悩み続ける女主人公はどうかといえば、同じく男主人公視点からこの語が用いられ評されている。

（男主人公）「……この言ひののしること（寝覚の上の生霊が現れたという噂）をや、聞きたまへらむ。さらば、かならず、心深う思ひ入りなむかし」と思ふに、いと苦しければ、えもうち出でたまはぬを、……（寝覚の上）「……げにとおぼしけるなめり……我よりは、こよなく浅かりける御心なりかし。」（三九三）

きっと深く思い沈んでしまうだろう、と推し量りはするものの何も言えずにいる男主人公、その様子を見て、自分よりもひどく浅いお心のようだ、と評する女主人公。この構図はなかなかアイロニカルである。女主人公に肩入れする「読者」にとっては男主人公批判の格好の材料になってしまうだろう。

しかしここではあえて視点人物としての男主人公と〈理解〉の問題について述べておきたい。前章で論じたとおり、女主人公に対する男主人公の「推し量り」はおおよそ当たっているのだと物語は語る。彼は女主人公の「理解者たらんとする者」として物語内に存在するのである。ここに第一章で述べた〈第三の予言〉との関わり、〈理解〉の問題が浮上してくる。天上界に通じる資質を備え、「この手どもを聞き理解できる人はいないだろう」と天人に宣告された中の君＝寝覚の上の心中を「推し量る」者としての男主人公の存在の重要性が、ここには見えている。「地上代表」たる〈光源氏〉としての男主人公が、〈かぐや姫〉たる中の君＝寝覚の上の心中を推し量ろうとするとき、そこにはおのずと〈第三の予言〉で中の君が宣告された「絶対的な孤独」が際だって見えてくるのではあるまいか。例えば次の場面を見てみよう。

いつも、かならずうけばりもて出づべきものとは、おぼし寄らぬ有様なるに、ことわりなる御暇のなさを、恨めしうなども思ひ寄らぬことなから、殿の推し量り思しつるにたがはず、「あいなの身の有様や。いつも、ただ、かくぞかし。まして、今はとうちとけ頼み果てては、いかばかりなべき心の乱れにか。いかならむついでに、なだらかなるさまにて籠り居にしがな」とは、寝覚めの夜な夜な、おぼし明かさぬにしもあらぬに

（三七一〜三七二）

嘆く寝覚の上の心中を述べる前に「男君の推し量りに違わず」と置き、つまり男主人公の推量は正しいのだと物語は言うのである。たしかに女主人公への彼の〈理解〉と推し量りは、十分に彼女がそのように思うに至る状態と心境を探り当てているように見える。

「故殿の……（男主人公との仲にふれると私の様子が変わるのを見て）いみじき過ちしつとおぼして、ひきかへ、こしらへ慰め、思ひながら、かけてもかけたまはざりしものを。……（男主人公は私を）あまり心もなきものと、あな

づりやすくおぼすなめりかし。いかに世を思ふらむなど、憚りおぼすところのなきよ。いみじく物思ひ知り、なべてならぬものに言ひ思はれたる人も、憂き我からに浅くなりぬる方は、その御心のけぢめもなかりけるをや」と、あいなく、我があながちにつつみ、従ひたる心を、悔しくおぼしつづけて、答へもせず、ただつくづくとうちながめ出でて、いと引き隠し、ことなしびにて入りなむとするを、（男主人公は）ひかへて、御心の内推し量り、気色見るに、いともいともいみじきことわりに、我があまりの心に、今より後のことをもこのついでにとり出でむと思ひて、くまなく昔恋しき気色を見るより悔しくなりて、ひきかへ、いみじく慰めこしらふれど、（寝覚の上が）さだに思ひつづけ、ながめたちぬれば、（男主人公は）姨捨山の月見む心地して　　（五三九～五四〇）

「自分のせいで思慮が浅くなっているお心」というのは以前男主人公が寝覚の上に言っていたことそのままである。しかしそう思われている当の男主人公は「御心の内推し量り、気色見る」だけの思慮があるというのである。彼の推し量りの正しさはここまでの物語叙述で保証されていることになろう。

そして彼はかつて彼女の夫関白が「こしらへ慰め」ていたように「いみじく慰めこしらへ」ようとするが、結局は「姨捨山の月見む心地」＝「我が心なぐさめかねつ」、の状態に至る。彼は女君の心を理解はしているが、ときほぐすにはいたらず自ら落胆するのである。結果としてそれは故関白に比して男主人公の力量が不足していることを露呈させる。前章で見たような〈自制→行動→自制→沈黙〉のパターンが繰り返されているのである。

飽かずわびしく、とばかりながめ入りて、院に立ち帰りたまひても、おぼしたりつる御気色のことわりに、（男主人公）「故大臣の、よろづの罪を消ちたりける名残の心おごりに、我がいささか思はずなる一言葉をば、いと

浅く、憂きものに思ひしみ入りたまへる、ことわりなりや」（五四二）

例えばこのあたりが、前章及び本章冒頭で挙げた永井・野口両氏の辛口の男主人公評価に強く作用しているのではないかと考えられる。しかし一方で女主人公の心情によりそい推し量ろうという男主人公の態度、「ことわり」という飲み込みの姿勢に重きを置いて読むことで男主人公の違う面が見えて来もするのである。

男主人公の「推し量り」は正しい、と語り手には保証されているのだが、それゆえに女主人公へのアプローチが閉ざされてしまうという逆説的現象が生じ、女主人公の「孤独」が際だってしまうという、アイロニカルな論理が見て取れる。それは『夜の寝覚』冒頭の天人の〈第三の予言〉――この地上には女主人公のもつ天上界の資質を真に〈理解〉し得る人間はいないのだ、という宣告と響きあうものなのである。

五　男主人公と朱雀院女一宮

本節では、永井氏が「女一宮の存在を考えるにせよ」と留保し、野口氏が「当時の一般的常識であったとはいえようが、彼にとって、女一宮の存在は無条件の前提」とする女一宮の持つ意味を違う視点から考えてみたい。この点については助川幸逸郎氏「一品宮」(7)に重要な指摘がある。以下、適宜引用していく。

○中古の物語に登場する「一品宮」は、「天皇の長女（女一宮）」であることを原則とする。この「一品宮＝女一宮」は、『源氏物語』宇治十帖以降、様々な物語の中で「王権の象徴」の役割を演じている。それらにおいては、「一品宮をものにすること」が「王権の奪取」を象徴する。逆にいうと、王の資格を欠く人物——王統の父をもたない、など——は、一品宮をものにすることはできない。

○無論、物語史と現実社会の双方において、皇妃から一品宮への交代劇（扱いの重さに変化が生じたこと——稿者注）が、一直線に進展したわけではない。たとえば『夜寝覚物語』は、『源氏』以降に成立した物語だが、藤原氏である男主人公と一品宮の結婚が描かれる。(8)

○一品宮をめぐるこうした変化は、「古代から中世へ」という、状況全体の変化と連動している。それらの中で、物語史にとってとりわけ重要なのは、藤原摂関家のステイタスの変質だ。道長が覇権を確立したのち、藤原北家の中で流動的に受け渡されていた摂関の地位は、道長直系の嫡男に代々襲われた。これにともない、「摂関を継承できる特別な血筋」という観念が生まれた。道長以前の摂関は、「もっとも有力な臣下」に過ぎなかったのに対し、道長以降の摂関は、独特の聖性を帯びるようになった。その結果、「源氏であること」を、主人公の絶対条件とする原則が崩れ、摂関家生まれの主人公をもつ王朝物語が出現する。

○……つまり、中世の到来と前後して、それまでの物語で「王権」が占めていたのと類似の地位を、「摂関家の継承」が担う物語が誕生したわけだ。そして、「王権物語」では、女宮のタブー性が前景化されるのに対し、「摂関家物語」では、皇女のもつ意味は比較的軽い。

○「摂関家物語」は、「ヒロインが虐められる物語」を母胎に発生した可能性が高い。「ヒロインが虐められる物語」においては、ヒロインが王統の血をうけていれば、ヒロインの結婚相手が王統でなくても、「主人公が源氏である」という原則に反したことにはならない。そして、この種の物語における「ヒロインの結婚相手」の比重を増大させたものとして、「摂関家物語」が生まれたのではなかろうか。

助川氏の指摘は『夜の寝覚』という物語の位相を理解するための重要な補助線となると思われる。特に最後、「『ヒロインが虐められる物語』においては」以下の叙述は、まるで『夜の寝覚』を念頭に置いたかのような指摘である。「虐められる」というのは物語内で苦悩の人生を余儀なくされることだと理解されるし、女主人公は一世源氏の娘だが男主人公は関白左大臣の嫡男である。そして、『寝覚』においては中心人物は中の君＝寝覚の上だが、この物語を男主人公の側からみれば、たしかに助川氏のいう「摂関家物語」になるはずだ。実際、「『王権物語』では女宮のタブー性が前景化されるのに対し、『摂関家物語』では、皇女のもつ意味は比較的軽い」とあるように、女一宮「降嫁」という事態そのものが彼女の重さと同時に軽さをも示している逆説的現象なのだと言える。

この助川氏論をも含み込んで考えた上で見えてくるのは、『寝覚』が中世王朝物語の世界への結節点である、ということである。天上世界の理想性の具現化たる女主人公と、王権の象徴たる女一宮、そのどちらをも手にするのが『寝覚』の男主人公なのであった。それは来たる「摂関家物語」到来の予感を秘めた主人公像を表している。

男主人公の側から読むならば、〈家〉・〈血筋〉の存続にまつわる「摂関家物語」、女主人公の心理の掘り下げと彼女の生き様を描く、という面からみれば「女の物語」(9)の正統というふたつの側面を、中世王朝物語はもっている。そして『寝覚』もその二面を共に――「摂関家物語」の方は後の物語群への「可能性」にとどまっているが――もっている物語なのだ。『夜の寝覚』が中世王朝物語への結節点たる理由である。

ここで、『夜の寝覚』と同じく平安後期物語である『狭衣物語』を参照項として見るとどうだろうか。一世源氏の娘であり、母はないが過保護に育てられた「夢見がちな少女」であった中の君と、一世源氏の父（とその妻）に過保護に育てられた狭衣大将という主人公。同じ「一世源氏の子」というモチーフでありながら、〈男主人公〉である『狭衣』の方には「摂関家物語」の可能性の余地はない。なぜなら狭衣自身が託宣によって帝位に就くという空前絶後の栄華を極めてしまっているからだ。対して『寝覚』の中の君は、彼女が栄華を極めるためには彼女単独では話が始まらず、〈男〉との関係性の中でしか果たせないわけで、そこから来るべき「摂関家物語」の可能性も出て来よう。実際には、次章で述べるように、彼女は帝との関係性において「准后」の位を得ているので、いわば「裏返しの『狭衣』」とでもいえようか。彼女が単に摂関家の「妻」におさまらず准后となったことで、摂関家物語の「可能性」は「可能性」として閉じられている。それが『夜の寝覚』という物語の論理である。従って、以後の物語――擬古物語／中世王朝物語という貴族文化憧憬の時代の物語――の出現は、いわば『夜の寝覚』を「誤読」した結果なのであると言える。一方で〈女主人公〉（が、栄華を極める）の系譜に連なり、また一方では〈摂関家物語〉の系譜に連なるという、ふたつの「誤読」を招いたテクスト、それが『夜の寝覚』であったのである。

結

以上、『夜の寝覚』男主人公論、ひいては『夜の寝覚』論のためのいくつかの指摘をしてきた。

『夜の寝覚』の男主人公は光源氏に通じる理想性を備え、また帝に比肩する存在として物語表現に定位されており、『夜の寝覚』は「もし〈光源氏〉が〈かぐや姫〉に出会ってしまったら?」という命題から出発しそれを具現化した物語として読める。それは従来指摘されてきたような、中の君＝寝覚の上が「かぐや姫」性をもつという観点に留まらず、男主人公に「光源氏」性を認めることによって初めて見えてくる物語風景なのだ。いかな〈光源氏〉であっても、「本物」の・天上界の資質をもった〈かぐや姫〉と出会ってしまっては途方もない惑乱に陥ってしまうことになるだろう、といえるのではないだろうか。

それはまた、光源氏と『寝覚』の男主人公を取り巻く語り――〈女〉の〈声〉(10)――からもうかがい知ることができる。今は紙幅の都合上ひとつひとつつぶさにみてゆくことはできないが、例をあげるなら、『源氏物語』帚木巻冒頭やまたそれに照応する夕顔巻巻末の草紙地、あるいは夕顔巻巻末近くの草紙地に、光源氏（の心おごり）に対する揶揄を見ることができる。

○光る源氏、名のみことごとしう、言ひ消たれたまふ咎多かなるに、いとど、かかるすき事どもを末の世にも聞き伝へて、軽びたる名をや流さむと、忍びたまひける隠ろへごとをさへ語り伝へけむ人のもの言ひさがなさよ。さるは、いといたく世を憚りまめだちたまひけるほど、なよびかにをかしきことはなくて、交野の少将には、笑はれたまひけむかし。（帚木巻・一・四五）

○……またかの人（＝軒端の荻）の気色もゆかしければ、小君して、「死にかへり思ふ心は知りたまへりや」と言ひ遣はす。

ほのかにも軒端の荻をむすばずは露のかことを何にかけまし

高やかなる荻に付けて、「忍びて」とのたまへれど、とりあやまちて、少将も見つけて、我なりけりと思ひあはせば、さりとも罪ゆるしてんと、思ふ御心おごりぞあいなかりける。……何の心ばせありげもなくさうどき誇りたりしよと思し出づるに憎からず、なほ懲りずまに、またもあだ名立ちぬべき御心のすさびなめり。（夕顔巻・一・一九〇～一九一）

○かやうのくだくだしきことは、あながちに隠ろへ忍びたまひしもいとほしくて、みな漏らしとどめたるを、など帝の御子ならむからに、見む人さへかたほならず、ものほめがちなると、作りごとめきてとりなす人ものした

まひければなむ。あまりもの言ひさがなき罪、さりどころなく。（夕顔巻・一・一九五〜一九六）

このように周到に配された語りの枠どり、あるいはところどころに顔を出す〈ノイズ〉としての語りは、光源氏をめぐる語りと重ね合わせられつつストーリーを形成してゆく。

「理想的な人物・光源氏」を揶揄するこれらの草紙地を一種の〈ノイズ〉としてみるならば、これと位相を同じくする〈ノイズ〉が、『夜の寝覚』にもまた見られるのであった。

○　……（中の君の寝所に男が侵入していることに気づき、対の君は）言はむかたなく、思ひまどふなども世のつねなりや。くだくだしければとどめつ。かたみに聞きかはして心かはしたらむにてだに、ゆくりなからむあさましさの、おろかならむやは。まして（中の君と対の君の）心のうちどもはいかがありけむ。（三一）

○　「かの母君の腹より我が子の出で来たらむ、げに、なにかは世のつねならむ」と、我が御身も心おごりしておぼしやるに（一四〇〜一四一）

○　（女一宮）「今よりなりとも、悪しかべいことにもあらぬを、心よりほかに、聞きにくき、苦しく」とばかり、言少なに答へさせたまひたる御けはひ、有様、いみじくめでたし。御心ばへ、けはひの気高さ、手うち書きたまへるさまは飽かぬことなく、（男主人公）「我が契り、宿世、口惜しからざりけり」と思ひ送らるるを（頭注）「思ひ送る」の語、やや不審。……あるいは、「思ひおごる」などの誤写か。（四八〇）

以上のように、「理想的な男主人公」であるはずの彼らに対するこのような〈女〉の側からの〈声〉――〈ノイズ〉

としての――は「（心）おごり」の語に集約される。

これらの〈ノイズ〉は次のような〈メッセージ〉を形成し得るだろう。

例：光源氏も所詮人間の〈男〉である。

→ならば、『夜の寝覚』の男主人公もまた所詮人間の〈男〉である。

つまり『夜の寝覚』の男主人公とは、〈『源氏物語』主人公光源氏と重ね合わせられながら、天上界の資質をもち絶対的な孤独の中にある女主人公の前に矮小化された世界の男主人公〉として読まれるべき人物なのであった。またそのように見ることによって、中の君＝寝覚の上の物語末尾での、

「この世は、さはれや。かばかりにて、飽かぬこと多かる契りにて、やみもしぬべし。後の世をだに、いかでと思ふを、さすがに、すがすがしく思ひたつべくもあらぬ絆がちになりまさるこそ、心憂けれ」（五四六）

という嘆息も、より深い意味をもってくることになろう。どれほどすぐれた男性に思われ、〈夫婦〉になったとしても、それによって女性が「救済」されるとは限らない。思えば『夜の寝覚』五巻本巻五におけるあの延々と続く「大団円」とも言える構図、周囲から認められ中宮にも祝福される男主人公「一家」の団欒と女君の出産についての叙述は、男主人公が持てる力の全てを発揮して現世的折り合いをつけようとした結果なのだ。しかし、前章でも述べてきたように、地上代表たる〈光源氏〉としての男主人公が、〈かぐや姫〉たる中の君＝寝覚の上の心中を推し量ろうと

するとき、そこには天人による〈第三の予言〉で中の君が宣告された「絶対的な孤独」が逆説的に際だって見えてくる。だからこそ、寝覚の上の嘆息は深い。従来の論を再検討するべき理由はここにある。

さらに『夜の寝覚』は中世王朝物語への結節点たる物語であることも確認し得たであろう。あくまで「女の物語」を主軸としながらも、やがて来る「摂関家物語」到来の「可能性」をも含み持つ物語、『夜の寝覚』。もしも寝覚の上が故関白に嫁する前、帝に望まれるままに入内し寵愛を受けていたならば、男主人公は女一宮を妻としても心慰まず出家遁世してしまったのではあるまいか――この想像の向こう、女主人公が帝の元に入内し栄華を極め、男主人公が失意の内に憂き世を捨てる〈しのびね型〉の中世王朝物語の世界は、すぐそこまでたぐり寄せられている。

注

（1）「新想の完成――光源氏型と薫大将型」（有精堂、新訂版二三四ページ、一九六五年十二月）

（2）題名をめぐる研究史については永井和子氏「夜の寝覚物語」（『体系物語文学史』第三巻、有精堂、一九八三年七月）にまとめられている。（二九九～三〇四ページ）また河添房江氏「『夜の寝覚』と『源氏物語』――「寝ざめ」の表現史」（『源氏物語時空論』東京大学出版会、二〇〇五年十二月）も重要である。

（3）永井和子氏「寝覚物語―かぐや姫と中の君と」（注3に同じ）、長南有子氏「夜の寝覚の帝」（『中古文学』五八号、一九九六年十一月）、乾澄子氏「『夜の寝覚』――「模倣」と「改作」の間」（『日本文学』一九九八年一月）、河添房江氏「『夜の寝覚』と話型――貴種流離の行方」（河添前掲書）などがある。

（4）「摂関家嫡子の結婚と『夜の寝覚』の男君――但馬守三女への対応に関連して――」（『国語国文』七十三巻九号、二〇〇四年九月）

（5）ここで男主人公とその妻であった故大君との間に生まれた「小姫君」について言及しておく。母である大君は、石山の姫君の母・中の君（寝覚の上）と同腹の姉妹で、しかも彼女たちの母は帥の宮女、つまり宮腹である。ということは血筋から考えると小姫君の方が年少とはいえ十分に入内を狙える位置にある。にもかかわらず春宮妃として入内したのは石山姫君であった。この点について、中世の改作本『夜寝覚物語』が小姫君を「かたみの若君」として男児に改変しているのは、大君と中の君を同腹姉妹にしなかったことと連動して、大君の子と中の君の子との間の政治的対立（入内争い）を回避しようとしたからではないかとの推測もできるが、今は指摘にとどめておく。

（6）「心深し」をキーワードとして『夜の寝覚』と同じ平安後期物語である『狭衣物語』を論じたものに、萩野敦子氏「狭衣における『心深し』――『狭衣物語』主人公の造型をめぐって――」（「国語国文研究」一九九五年三月、第九十九号）がある。

（7）『中世王朝物語・御伽草子事典』（勉誠出版、二〇〇二年）

（8）ただし『寝覚』における「一品宮」の呼称は次にあげる中間欠巻部推定資料でのことなので、原作本でもこの扱いであったか否かは不明である。

『拾遺百番歌合』十二番右（引用は岩波文庫本による）

関白（＝男主人公）一品宮にまゐりそめたまひける日、おもひなげきたまへるをなぐさめて、よしやきみながきいのちはたえせじをいのちのみこそさだめがたけれ、と侍りければ　あねうへ

たえぬべきちぎりにそへてをしからぬいのちをけふにかぎりてしがな

なお、改作本及び『無名草子』では「女一宮」となっている。

（9）萩野敦子氏論文（第六章注4に同じ）を参照されたい。

（10）小山清文氏論文（第五章注11に同じ）は、『源氏物語』における、〈男〉によって管理され封殺されゆく〈女〉の〈声〉について詳細に論じており、参照されたい。

第九章　「准后」と「夢」――『夜の寝覚』女主人公の〈栄華〉と〈不幸〉

一　「准后」「夢」「家族」

『夜の寝覚』の女主人公・寝覚の上は、『風葉和歌集』によれば最終的には「寝覚の広沢の准后」と呼ばれる地位にまでのぼりつめたらしい（87、229、1035、1270、1321、1400番。岩波文庫『王朝物語秀歌選（上・下）』による）。このことについて稲賀敬二氏[1]は、『源氏物語』における光源氏の「准太上天皇」という位と一見対応しているようにみえるが、『夜の寝覚』の場合は、

『寝覚』の作者は、『源氏物語』の男性主人公にならって、女性主人公に同じ運命への挑戦をさせたのではなかろうか。后となる条件には恵まれぬ女性が「准后」となる構想設定は、『源氏』に似たところがあっても、決してその模倣や亜流ではない。

と断じ、さらに

『栄花』の成立した頃、道長夫婦がともに准三宮であって、「上の御前のかく后と等しき御位にて、よろづ官爵えさせ給ひなどして」いる有様を「めでたくおはします」「御幸ひ」の極みであるとする認識は定着していた。……女主人公の准后宣下は、史実の准后宣下とは異なる変則的な運びである。そういう人事の運び方は、先に上げた例、後冷泉天皇が教通の娘歓子を准后とした事例を作者は参考にしたであろう。また、禎子・章子・馨子などの内親王が幼くして准后となり、それを踏み台にして后となる例も、「准后は后になれる」と一般化することで、既婚者を后とする論理を新しく組み立てることは可能だろうか——冷泉院はひそかにそんな夢を思い描いたのかもしれないのだ。……そういう細い糸をつなぎあわせ、皇女でもなく天皇の配偶者でもない女主人公に准后の地位を極めさせ、読者も納得する構想を展開させるのは、『源氏物語』の模倣というレベルでは不可能である。『源氏物語』の亜流というのは当たらない。

と、実は『源氏物語』とは全く違った「細い糸」によって物語が構築されており、決して『源氏物語』の模倣や亜流ではない、と論じた。一方でまた『夜の寝覚』冒頭においては、中の君の見た「夢」が予言的機能を果たしていることは共通了解と言ってよい。

稲賀氏の論に導かれつつ、本章ではこの「准后」という位と『夜の寝覚』の中の君が見た「夢」、また中の君における〈母〉なるものの存在・不在と〈父〉をめぐって、あるいは中世王朝物語について、論を進めていきたいと思う。

二 「准后」とは何か

「准后」は「准三宮」「准三后」とも呼ばれ、稲賀敬二氏前掲論文によれば、女性がこの位を与えられた例は史実では皇女あるいは天皇の配偶者がほとんどだという。物語史においても、「准后」という位が皇女でもなく天皇の配偶者でもない女性に与えられるという試みを見せたのは、現存する物語では『夜の寝覚』が最初である。(2)久下裕利氏(3)は「孝標女が出仕した主人祐子内親王（後朱雀天皇第三皇女）が准后であったということ」が「決定的な要因」であったと指摘されているが、いずれにしてもこの構想に、物語作者がいかに心を砕いたかがうかがえる。

光源氏の「准太上天皇」位実現の場合は、周知の如く藤壺との密通により冷泉帝が生まれたことに由来する。また『狭衣物語』の場合は、夢告と託宣によって、臣下の息子が帝位につくという離れ業をやってのけたが、しかしそれは裏を返せば、夢や神託を持ち出さねば不可能なことだったわけである。またここには鈴木泰恵氏(4)が論じるとおり、当時の夢信仰の度合いが表れているといえる。

それに比べて『夜の寝覚』の「寝覚の広沢の准后」の場合は、稲賀氏前掲論文も注意を促しているように、たしかに物語展開として当時の読者たちには納得のいくものであったに違いなく、ここに『夜の寝覚』や『更級日記』をとりまく時代性が垣間見えていよう。

摂関家の子息と結ばれ子をもうけた後に、帝に執着されつつ准「后」となり――いわばすごろくの「上がり」の状態といえるが――なおも受苦の人生を歩み続けることが、予言によって示された主題の完徹になるのだ、と論じられた、稲賀氏論に稿者も賛同したい。

三　「栄華」の保証としての「准后」位

寝覚の上に「准后」の宣下を下したのは稲賀氏が推定されたように冷泉帝（冷泉院）であろう。長南有子氏が指摘していたように、彼の造型自体は確かに竹取の帝の影を帯びているが、稿者はさらにそこから、寝覚の帝が『源氏物語』の男君たちと重ね合わせられていることで、竹取の帝とは最終的にはずらされていると考える。(5)

寝覚の帝の造型の内実は基本的に『源氏物語』の薫を中心に柏木・夕霧・匂宮の組み合わせとシフトによってなされている。(6)またかぐや姫だけを思い続けた竹取の帝に対して、寝覚の帝は真砂君と督の君という、寝覚の上の反〈ゆかり〉・反〈形代〉を手にしており、(7)竹取の帝の「ひとり住み」とは似ても似つかない様相を呈しているのだ。要するにかぐや姫との「あはれ」なる文のやりとりの再現などここにはあろうはずがなかったのである。むしろ物語後半の推進力としては、寝覚の帝に重ねられた〈匂宮〉の情念――「われも人も、いたづらになりぬべかりける事の様かな」（二八二）――があげられるだろう。(8)

また〈かぐや姫〉の影を帯びている寝覚の上もまた、もちろん「かぐや姫そのもの」ではなく、従って『夜の寝覚』は『竹取物語』からずらされた物語を選び取っているのだといえよう。

「月の都の人」から天界の秘曲を伝授されたことによって寝覚の上は〈かぐや姫〉の末裔であることを宣言されてはいる。しかしそのように規定されればされるほどに、『夜の寝覚』と『竹取』との断絶は際だつように読めてくる。第三章でも述べたが、これほど『竹取』世界からの「脱却」を「意志表示」した物語はなかったといってよいだろう。『竹取』と『寝覚』における二人の帝は、たしかに両物語の距離を示すためのメルクマールとして機能している。

そのように機能すべく寝覚の帝は仕組まれているように読める。『竹取』での、三年に及ぶかぐや姫と帝との文のやりとりから、物語的距離をあえて広げるかのように、寝覚の帝は「一行の御返り」を求めて、寝覚の上に一方的に文を送り続ける。しかしなお寝覚の上に文を送り続ける帝の、その思いの極まりが「准〈后〉」という位の宣下だったのではあるまいか。女主人公が「臣下の配偶者」でありながら「准〈后〉」になるという離れ業はこうして物語において実現し、他の物語との大きな差異を生み出している。

『夜の寝覚』のいわゆる第一予言は、後述するとおり、「予言」の言語の形に解かれぬまま、「秘曲伝授」という形で用意された国王への接近を回避しているものの、彼女の栄華それ自体は「准后」という位で実現していると読める。つまり「准后」という位は皇女でなく天皇の配偶者でもない臣下の「妻」である寝覚の上にとって空前の栄華を示しているのである。一見自明のようではあるが、しかし問題はそれのみにとどまらないようだ。

原作本『夜の寝覚』の冒頭表現においては、これまで看過されてきた

この手どもを聞き知る人は、えしもやなからむ。　（二〇）

という天人のことばにも、「予言」的機能――いわば〈第三の予言〉――として認めるべき内容があり、それが意味するものは、中の君の〈理解者の不在という不幸〉という主題的状況なのだ。これに対して改作本冒頭で中心課題とされているのは〈理解者の不在と絶対的孤独〉ではなく、〈理解者である母を持たぬ娘〉を苦難の後に栄華に導くという展開なのであり、またそれを中心課題とするべく、表現が周到に選び取られていると読める。いわば、改作本は

〈母〉の不在の問題をわかりやすく顕在化する方向で書き換えられているのである。これらの事柄については、既に第一章で論じたとおりである。

改作本の表現からあらためて原作本をふり返ってみると、原作本冒頭では「ゆゆし」きまでに娘の身を案じる父の不安や愛情が示されるのみで、〈母のない娘〉の問題には力点が置かれてはいない。このような「父の存在」と「母の不在」という言説から『夜の寝覚』第三部を読み直すと、いったいどのような物語風景が見えてくるだろうか。

四　「夢」の言語と「予言」の言語再説――〈父〉と〈母〉と

ここで『夜の寝覚』のいわゆる第一予言をもう一度見てみよう。

おのが琵琶の音弾き伝ふべき人、天の下には君一人なむものしたまひける。これもさるべき昔の世の契りなり。これ弾きとどめたまひて、国王まで伝へたてまつりたまふばかり」（一七〜一八）

第一章で既に指摘したが、この「予言」の特異性を端的に表す末尾表現に再度注目したい。天人の発言は「国王まで伝へたてまつりたまふばかり」、すなわち「お伝え申し上げなさるほど」という〈程度〉を示す言葉で終わっており、決して「伝へたてまつりたまへ」や「伝へたてまつりたまふべき人なり」のように命令や未来を推量・断定して提示する表現ではなかったからだ。この特異性は、『源氏物語』における光源氏に関する三つの「予言」が、いずれも彼の未来に関わる内容を推量表現の「べし」を用いて語っているのと比較対照するときわだって見えてくる。以下、該当箇所の本文を再掲する。

・相人おどろきて、あまたたび傾きあやしぶ。「国の親となりて、帝王の上なき位にのぼるべき相おはします人の、そなたにて見れば、乱れ憂ふることやあらむ。朝廷のかためとなりて、天の下を輔くる方にて見れば、またその相違ふべし」と言ふ。（桐壺巻、一・三九〜四〇）

・中将の君も、おどろおどろしうさま異なる夢を見たまひて、合はする者を召して問はせたまへば、及びなう思しもかけぬ筋のことを合はせけり。「その中に違い目ありて、つつしませたまふべきことなむはべる」と言ふに（若紫巻、一・二三三〜二三四）

・宿曜に「御子三人、帝、后かならず並びて生まれたまふべし。中の劣りは太政大臣にて位を極むべし」と勘へ申したりしこと（澪標巻、二・二八五）

これら三つの『源氏』の予言と『寝覚』の「予言」とを比べてみると、前者は助動詞「べし」により予言の意味内容がはっきりと前面に押し出されている。それに対して『寝覚』の天人の発言＝第一予言の表現は、「べし」を用いて予言の意味内容を強調するものではない（たとえば新全集本の当該箇所の訳をみると、「国王にまでお伝え申し上げるほどに……」（一八）とされている）。この問題については既に第一章で考察したとおりである。

このとき中の君が見た夢が解かれて、しかるべき「予言」の形になったとき、初めて夢は周囲の者に共有され、「予言」の言語の形で物語内に定位されるはずだった。

しかし本章ではこの問題を別の角度から見てみたい。中の君の母は既に亡く、同母姉・大君にも夢のほんの一部を話しただけ。彼女はなぜか父にもこの夢のことを話さず、夢は解かれないままで終わる。それどころか父大臣は彼女を帝のもとに入内させることも断念し、彼女の皇統への接近を抑圧する存在なのである。[9] そしてまたあるときは

母なき女子は、人の持たるまじきものなり。形のやうなりと、母の添ひてあらましかば、いみじく思ふとも過ぎざらまし　（一七九）

と、断定と反実仮想によって、自らの目が届かなかったことよりもむしろ〈母〉の不在を強調し、嘆いてみせるのだ。[10]改作本『夜寝覚物語』では冒頭早々に父大臣によって明確にされていた「母という理解者の不在」という問題が、原作本ではここに至ってようやく父大臣により言及されていることになる。

ここでもし中の君の母親が存命だったならば、あるいは中の君は母親に夢の内容を打ち明け、しかるべき夢解きがなされ、「夢」は「予言」の言語として物語内に定位していたかもしれないのだ。しかしこの物語はそれを明らかに避けている。物語の表現という視点からみるなら、そのような整えられた「予言」の言語として〈国王への秘曲伝授〉が提示されることそのものを、この物語の表現は回避しているのだということになろう。

ではこの問題を、どのように解釈すればよいのだろうか。

五　『更級日記』の「夢」と「予言」――『夜の寝覚』との相似

この問題を明確にする補助線として、ここで『更級日記』[11]の例を見てみよう。

『更級日記』では、作中の「女主人公＝われ」はたびたび夢を見るが、その中には次のような記述がある。

・夢に見ゆるやう……「天照御神を念じませ」と言ふと見て、人にも語らず、なにとも思はでやみぬる（三八）

・わづかに清水に率てこもりたり。……うちまどろみ入りたるに、……僧の、別当とおぼしきが寄り来て、「行くさきのあはれならむも知らず、さもよしなし事をのみ」と、うちむつかりて、御帳のうちに入りぬと見ても、うちおどろきても、「かくなむ見えつる」とも語らず、心にも思ひとどめでまかでぬ。（六二）

・母、一尺の鏡を鋳させて、……僧を出だしたてて初瀬に詣でさすめり。「三日さぶらひて、この人のあべからむさま、夢に見せたまへ」など言ひて、……「……『この鏡を、こなたにうつれる影を見よ。これ見れば、あはれに悲しきぞ』とて……見れば、臥しまろび嘆きたる影うつれり。『この影を見れば、いみじう悲しな。これ見よ』とて、いま片つ方にうつれる影を見せたまへば、御簾ども青やかに、几帳押し出でたる下より、いろいろの衣こぼれ出で、梅桜咲きたるに、鶯、木づたひ鳴きたるを見せて、『これを見るはうれしな』とのたまふとなむ見えし」と語るなり。いかに見えけるぞとだに耳もとどめず。（六四）

・ものはかなき心にも、つねに、「天照御神を念じ申せ」と言ふ人あり。……空の光を念じ申すべきにこそはなど、浮きておぼゆ。（六五）

これらの「夢」をめぐる記述には、助動詞「べし」は出てこない。唯一〈作者〉の母だけが、「この人のあべからむさま、夢に見せたまへ」として、「予言」の言語たる助動詞「べし」を待っているが、当の〈作者〉は「さして気にもとめなかった」と繰り返し繰り返し述べている（もちろんこれがレトリックに過ぎないことは、こうして表現されていることに明らかであろう。本当に「気にもとめなかった」のなら、後年これを書くこともできなかったはずなのだから）。

ところが後年この夢があらためて回想されるときの記述では、

年ごろ「天照御神を念じませ」と見ゆる夢は、人の御乳母して、内裏わたりにあり、みかど、后の御かげにかくるべきさまをのみ、夢解きも合はせしかども、そのことは一つかなはでやみぬ。ただ悲しげなりと見し鏡の影のみたがはぬ、あはれに心憂し。　（一〇八）

とあり、実は当時「夢解き」がなされており、そのときには、『源氏』と同様にやはり夢を語ることばが推量助動詞「……べし」という「予言」の言語に読みかえられていたことが明らかとなる。(12)

「臥しまろび嘆きたる影」、つまり「悲しげなりし見し鏡の影のみたがはぬ」という現実認識がここにはある。そこには竹原崇雄氏(13)の述べるような「鏡の片面に予示された、これから開けいくであろう「うれしき」人生の夢を、（「籠め据ゑつ」つまり孝標女を結婚させた――稿者注）父によって封殺されてしまった無念の思いが籠められている」のかもしれない。

一方、『夜の寝覚』の場合も、二つの――稿者は〈第三の予言〉も読み取れるという立場をとるが――「予言」のうち、いわゆる第二予言の、

あはれ、あたら、人のいたくものを思ひ、心を乱したまふべき宿世のおはするかな　（二〇）

だけが、後年寝覚の上に

さるは、面馴れて、さすがに度ごとに、いみじう心の乱るるこそは、かの十五夜の夢に、天つ乙女の教へしさまの、かなふなりけれ　（三九〇）

と回想されているのであり、この両作品の「夢」と「予言」の実現／非実現が〈父〉による抑圧により左右されるものであったことも含めて、両者の「夢」と「予言」をめぐる認識構造は相当に接近しているものであるといえる。「夢」をめぐる謎めいた言説と、後年の「種明かし」ともいえる自己認識。ここに、『夜の寝覚』と『更級日記』との相似を見ることが可能であろう。

本節では、『夜の寝覚』と『更級日記』の「夢」と「予言」が、〈母〉という存在の有無と〈父〉の抑圧によって、その帰結が決定づけられていることについて述べてきた。ここでさらに視点を変え、稿者が考える〈第三の予言〉、すなわち〈理解者の不在〉の問題が物語内でどのような形をとっているのかについて述べていきたい。

稿者は第八章において、『夜の寝覚』の男主人公は基本的に〈光源氏〉的な造型がなされており、〈かぐや姫〉の裔たる女主人公の相手たり得る者として帝をもしのぐ存在であると表現されていることが、かえって寝覚の上の孤絶を際だたせているのだと論じた。天上界の秘曲を伝授され得るのは地上において寝覚の上ただ一人しかいないと天人によって断ぜられた彼女は、物語の始発から孤絶の道を歩むことを余儀なくされていたわけだが、それだけに並の人物では彼女に接近することもままならない（「読者」が納得しない、と言ってもいい）ものであっただろう。いわば〈光源氏〉と〈かぐや姫〉との出会い、それがこの物語の推進力であることは疑いない。

しかし第七章で指摘したとおり、『寝覚』の男主人公は内心では彼女の思考を推し量るべく努力し、「いともいともいみじきことわりに」（五四〇）とまで考えていながら、結局彼は女君に対して恨み言を繰り延べることしかできない。ここにも、『寝覚』が物語の開巻から宣言していた〈理解者の不在〉という〈不幸〉をめぐる問題——〈第三の予言〉——が再度浮上してくるのである。〈光源氏〉的属性をもつ男主人公をもってしても、寝覚の上の心にはあと一歩及ばない。ここには『源氏物語』のいわゆる第二部における光源氏と紫の上に表れた、第一の理解者たるべき存在の認識が相手からずれていってしまうという問題の投影をも見ることができよう。

六 〈しのびね型〉の反転、中世王朝物語への階梯

もし寝覚の中の君が父大臣によって左大将に嫁せられず、『更級日記』のように母が存命であったなら、夢は断定的な「予言」の言語の形を明確に表し、中の君は帝のもとに入内し帝寵を集めていたであろう。そして男主人公は失意の内に出家遁世していたに違いなく、この想像の向こうに〈しのびね型〉の物語世界があるのだということについては既に第八章で述べた。すなわち、『夜の寝覚』はいわば〈しのびね型〉の物語の反転形を示しているわけである。

ではこの図式を女主人公の側から見るとどうなるだろうか。

皇族の血をひいているとはいえ、臣下の娘に過ぎず、内親王でも帝の配偶者でもない彼女が、ひそかに男主人公との間に子をもうけ、その後にもし入内し后になっていたならば、このプロットもまた、〈しのびね型〉を指向してはいないだろうか。

鈴木泰恵氏は前掲論文において、

『夜の寝覚』の夢の予言は、多義的にして多様な読みを許容するものであり、そこには平安後期物語特有の批評性が浮かび上がる。一方、貴種たる女性主人公が入内・立后し、しばしば女院にまでなる中世王朝物語の種子を胚胎した先駆性を示してもいた。……『夜の寝覚』は「女の物語」史上のみならず、物語史上のエポックメーキングな物語であったととらえ返しうるのである。

と結論づけた。鈴木氏の論は女主人公視点からの発言であるが、これは稿者が第八章で述べていた男主人公側から見た物語風景と整合するものと解されよう。『夜の寝覚』はまさしく中世王朝物語・〈しのびね型〉へとつながっていく過渡的作品であったのである。

結

以上、寝覚の上の栄華と〈不幸〉についての言説をめぐるいくつかの問題を概観してきた。

『狭衣物語』における「狭衣帝即位」も同じく「上がり」となった後もなお苦悩し続けるであろう点では『夜の寝覚』と同様に見えるが、苦悩する狭衣の美しい姿を賛美する形で物語本体が終わっているのは、そこでテーマが完結しているからであろう。その意味においても、『夜の寝覚』の「寝覚の広沢の准后」は特異な位置にあるといえよう。また彼女の位が「准三宮」ではなく「准后」とされているのは、「帝」に対する「后」という、ことばの上での対応を図ったものとも読める。ここにはおそらく、「准后」の宣下をしたであろう冷泉帝の、寝覚の上に対する執念を象徴的に見て取ることもできるだろう。

ところでまだ問題は残っている。稲賀氏前掲論文では寝覚の上が准后の位を与えられたのはおそらく冷泉帝在位中のことであろうと推論され、また久下氏前掲論文は「寝覚君が中宮（石山姫君）の母であり、新東宮（故老関白女尚侍息）の外祖母となるによって与えられた称号であろう」と推論されていた。しかし、それならばなぜ呼称が「広沢の准后」なのであろうか。

『風葉和歌集』における人物呼称は物語内での最終位であり、読者のつけた呼称で作中人物を呼んだ藤原定家撰の『物語二百番歌合』とは異なっている。『夜の寝覚』現存本末尾においては寝覚の上は男主人公邸に迎えとられ「殿の上」と称されており、広沢にはいない。しかるに『風葉和歌集』が「広沢の准后」と呼ぶからには、物語の中では准后の位にありながら広沢に――父入道のいる（いた）広沢に――いなくてはなるまい。

おそらく寝覚の上は准后の位を得た後に、かつて父と過ごした広沢で隠遁生活を送り、仏道の行いをしながら人生の終焉を迎えたのではなかろうか。

女一宮を妻に持つ臣下である男主人公の第二の「妻」であり、かつ冷泉帝在世時の「准〈后〉」であった女主人公・寝覚の上は、その両義性ゆえに二人の男の狭間で――男主人公の向こうに女一宮の存在を感じながら――揺れ動き続ける存在であったのに違いない。

……ただれいのうちとけぶみのさまにて、
「くらからぬみちにたづねていりしかどこのよのやみはえこそはるけね

よろしきにおぼしゆるさせたまふべくはいかに。あなかしこ」（『寝覚物語絵巻』第三段第三紙、新全集本六〇九）と冷泉院に書き送った彼女の晩年はいかなるものであったのか。田淵福子氏[14]も推定しているように、おそらく仏道に入りながらも心は「絆」である我が子のことで占められていたのかもしれない。

そして冷泉院とも「れいのうちとけ」た文を交わすまでになっていた[15]彼女は、男主人公のことをどのように感じていたのか、またかつて「夫」であった故関白を忘れられぬままであったのか、その詳細は読者が想像するしかないことが惜しまれる。

注

（1）「後期物語は『源氏物語』の亜流か―『寝覚の広沢の准后』と『源氏の准太上天皇』―」（『国文学』第四二巻二号・一九九七年二月）。

（2）なお、『風葉和歌集』では他に「袖濡らすの准后」の呼称が見られる。

（3）「孝標女の物語―『夜の寝覚』の世界」（『更級日記の新研究―孝標女の世界を考える』新典社、二〇〇四年九月）

（4）「『夜の寝覚』の夢と予言―平安後期物語における夢信仰の揺らぎから―」（「カルチュール」（明治学院大学）第二巻第三号、二〇〇八年三月）

（5）第三章注六に同じ。

（6）第二章及び第三章を参照されたい。

（7）第四章を参照されたい。

（8）注（6）に同じ。
（9）助川幸逸郎氏「ヒステリー者としてのヒロイン―『夜の寝覚』の中君をめぐって―」（『狭衣物語が拓く言語文化の世界』翰林書房、二〇〇八年十月）
（10）乾澄子氏「『夜の寝覚』―〈母〉なるものとの訣別―」（「古代文学研究　第二次」二号、一九九三年十月）は、この父の「〈母性〉性の強」さを指摘されている点、首肯される。また乾氏は「夜の寝覚―『母なき女子』の宿世―」（「古代文学研究　第二次」六号、一九九七年十月）において、寝覚の上が「積極的に母親として、有能な主婦として、自分の役割（ジェンダー）を果たすことによって自らの尊厳と矜持を保とうとする」と指摘されており興味深い。なお母の不在と寝覚の上のセクシュアリティの不安定さについては、井上眞弓氏「性と家族、家族を超えて」（岩波講座『日本文学史　第三巻』、一九九六年九月、岩波書店）が論じるところである。
（11）『更級日記』引用は角川ソフィア文庫本により、（　）内にページ数を示す。
（12）鈴木泰恵氏論（注（4）に同じ）は、

信心を促す夢告がその時点では読み解かれず、遡及的に認識される類のものになっているところにも、夢信仰の揺らぎや、それへの懐疑のまなざしが揶いとられてしかるべきかと思う。

と述べるが、やはりここでは、「夢を見た当時に実は夢解きがなされていたこと」が「遡及的」に「回想（記述）」されていると見たい。
（13）「『更級日記』と『夜の寝覚』―物語の成立と日記―」（『更級日記の新研究―孝標女の世界を考える』二〇〇四年九月、新典社）
（14）「『夜の寝覚』末尾欠巻部分の構造―新旧資料の解釈の再検討―」（「国語と国文学」八十二巻七号、二〇〇五年七月）
（15）寝覚の上と冷泉院が互いに出家した後にようやくこのような境地に行きついているらしいことにも、『竹取物語』に対するこの物語の「批評」あるいは「誤読」の精神が読み取れる。

終章

本書では、現存原作本『夜の寝覚』の問題点について、『寝覚』の登場と「読み」に〈奉仕〉するものとしての『竹取物語』及び『源氏物語』や、『寝覚』とほぼ同時代の『浜松中納言物語』及び『更級日記』、また『寝覚』より後代の作品であると目される改作本『夜寝覚物語』、擬古物語／中世王朝物語の、ある大きな「型」であるいわゆる〈しのびね型〉などを経由しつつ読み解き、『夜の寝覚』という作品がいかに後代の作品形成に〈奉仕〉するものとしての『源氏物語』を「誤読」し、後代の作品特に〈しのびね型〉や〈女の物語〉というジャンル形成に関わっていったのかを明らかにすることを主眼とした。

第一章ではまず改作本『寝覚』の冒頭に注目した。改作本冒頭が〈母のない幼子〉という発想の「型」に回収されていくような物語状況を中心的課題として提示していたのに対して、原作本冒頭は、そのような発想の「型」といったものに回収されてゆくことを回避する表現機構を持っている。「予言」として定位できない表現、読み解かれない「夢」のことばを、原作本冒頭は記述しているのだと読める。また、従来読み逃され〈解釈の空白〉となっていた天人の発言にも、実は〈予言〉的機能——女主人公を本当に理解できる人間は地上には皆無であること——があったことを表現面での分析から論証した。

次に第二章でとりあげたのは、『竹取物語』を想起させながらも、『竹取』とは違う物語的役割を与えられている寝覚の帝（冷泉帝）である。本章では『寝覚』中の「をこがまし」という語が寝覚の帝に集中して使用されていることに注目し、寝覚の帝の人物造型を『源氏物語』から『寝覚』へ至る「をこがまし」の〈系譜〉上に位置づけることを試みた。

寝覚の帝の「をこがまし」という認識は、女を手にし得ぬが故の「をこがまし」さであり、また自分の心をおさめることがないという点で、〈光源氏〉的な心情とはかなり異なる。女との対面場面においてなかなか女を我が手にし得ないということだけを見れば、『源氏』の夕霧と似ているようだが、彼の「をこがまし」という思いは寝覚の帝の原点とは読めない。『夜の寝覚』の帝はむしろ、薫の「をこがまし」という認識を継承する人物として特徴づけられていることが、物語表現からは読みとれるのであると結論づけた。

第三章では『夜の寝覚』第三部のいわゆる〈帝闖入〉事件について考察した。この事件は「闖入」（＝突然侵入する）という用語自体が示しているように女主人公の側から従来論じられまた評価されてきたが、〈事件〉のもう一人の主役たる寝覚の帝については等閑視されてきた。本書は狭義の引用論に拠らず、「発想の型」の類同性を読む視点から、帝をめぐる表現・人物造型のありかたに注目した。その結果、寝覚の帝の造型が基本的に『源氏物語』の柏木・夕霧・薫・匂宮の組み合わせとシフトによってできているように読める表現構造をもつものであり、それによって帝の作中機能の方向性が決定づけられ、物語の推進力たり得ていることを論証した。

第四章は、原作本『夜の寝覚』内で唯一「草のゆかり」と称される、女主人公の継娘・督の君と、〈帝闖入〉事件後に帝の「寵愛」を一身に集めた寝覚の上の息子・真砂君、この両者が担う作中機能について寝覚の帝の視線を通して考察した章であった。両者はともに、寝覚の帝の触覚的認識によって寝覚の上によそえられており、いわば相互補完関係にある存在であって、『源氏物語』における〈ゆかり〉・〈形代〉の〈方法〉といわれるものを想起させながらした。

第五章は男主人公及び寝覚の帝からのまなざしに対して女主人公が置かれた位置に関して論じたものである。〈身体〉的〈病〉の向こう側にある言語化不能な心の動きは、しかし解釈可能なものとして、例えば「病」や「物の気」あるいは「妊娠・出産」として、しばしば一元的に解釈される。このとき何が隠蔽され、また、どのような解釈がさらに固定化されていくのか。この問いを起点とし、〈病〉と〈孕み〉をめぐる「思考の鋳型」＝レッテル貼りと「二重の疎外」の機制について、『夜の寝覚』第三部の分析を通じて考察した。

第六章は女主人公の心情を象る重要なキーワードの一つ「――恥づかし（さ）」という語についての考察である。寝覚の上が抱く「恥づかし（さ）」という内面表現は、他者の思惑を推量し回避しようとする感情と結びついていること、それは彼女の「身体」にまつわる感覚と密接に結びつき、彼女の身を律する〈暴力〉として作用する表現である。「成長する女君」と言われる彼女だが、その「成長」は決して単線的ではなく、むしろ「成長」する自らの心身への違和感とためらいや自己規制に満ちていることについて論じた。

一方、第七章及び第八章で取り上げたのは、『寝覚』研究において注目されることが非常に少ない男主人公である。まず第七章では、女主人公論の添え物のようにして必要に応じて言及されてきた『寝覚』の男主人公の研究史におけるポジションについて、「ことわり（なり）」という語を手掛かりとして『源氏物語』の光源氏・夕霧・柏木・匂宮・薫と比較・再検討した上で、『寝覚』起筆部分に示された「心づくしなる……御仲らひ」の相手として、女主人公中心主義に依拠しない表現分析を試みた。その結果、『源氏』において主要な男性登場人物の心情の要所要所に周到に配置されていた「ことわり（なり）」ということばは、『寝覚』の男主人公において特に〈光源氏〉を引き継ぐようにして配置されており、男主人公＝「薫型」とされてきた従来の説に異議を唱えた。またそのように見ることで『寝覚』の『源氏』に対する批評性が獲得されているともいえるのだと結論づけた。

続く第八章では男主人公についてある程度まとまった記述が見られる二つの研究書（永井和子氏・野口元大氏による）を概観し、一方で最近の研究動向から男主人公像を再検討することで、男主人公論の旧説の修正——理想性、政治性について——を加え、『寝覚』の男主人公が従来「薫型」ととらえられてきたのに対して、『寝覚』の表現を丹念に追い、男主人公の基本的造型が薫ではなくむしろ〈光源氏〉的であることについて論証した。また「もしも＝if」、寝覚の上が帝に望まれるままに入内したならば必ずや彼女は帝の寵愛を一身に受け、男主人公は失意の内に出家遁世したであろう、という仮定から、『寝覚』が中世王朝物語におけるいわゆる〈しのびね型〉の原型とも言える構造を持つ、平安後期物語から中世王朝物語への過渡期的作品——いわば「誤読」を招いた作品であり、中世王朝物語の登場に〈奉仕〉した——であることについて言及した。

第九章では再び『寝覚』冒頭の「夢」と「予言」的言説に注目し、末尾欠巻部分における「准后」位という女主人公の栄華と「夢」「予言」がもたらす〈不幸〉との結びつきについて論じ、また前章の男主人公論をふまえながら『寝覚』を〈光源氏〉と〈かぐや姫〉との出会いの可能性としてとらえた。さらに『寝覚』が、女主人公側から見ても〈しのびね型〉の原型とも言える構造を持つ過渡的作品であることについて述べた。

以上が本書の概要である。

第九章でもふれたように、末尾欠巻部において寝覚の上が冷泉院に文を送るくだりがあったようだが、それは二人が「法の道」に入ってからのことであったことが『寝覚物語絵巻』などによって知られる。この時彼女の心境はいったいどのように語られていたのだろうか。

世を捨て尼になることこそが〈女〉の行きつく〈救済〉の道だ、などとは、おそらくこの物語は毫も提示してはいないのだろう。望んだものがすぐには手に入らず、手に入ったときにはもはやそこに充足を見いだせない、というこの物語の論理から推察するなら、五巻本・巻五において寝覚の上が羨望していた前斎宮の仏行三昧の日々と同じように、末尾欠巻部分（いわゆる第四部）で寝覚の上が願いを遂げ尼になり行いすましていたとしても、彼女の心には〈救済〉はなかった、といってよいのだろう。それは『源氏物語』の浮舟が出家し志強くあろうとしながらも、なお少しのゆらぎもないとは断じきれない様子で物語が幕を閉じるのと軌を一にしているのかも知れない。

『夜の寝覚』の〈女主人公〉・「中の君＝寝覚の上」とは、〈かぐや姫〉的資質を受け継ぎながら「天人」そのものではあり得ず、それであるがゆえに（地上においては）本質的には誰にも――「国王」にさえも、運命の相手である〈男主人公〉にさえも――〈理解〉され得ない一人の女性、という基本線を縦軸としつつ、〈女〉の人生におけるさまざまなステージ（世代、と言ってもよい）のそれぞれの「心づくし」なる有り様が幾重にも積み上げられてきたもの、すなわち〈女の一生〉をトータルに語るための「仕掛け」であり、いわば極めて機能的な存在なのである。普通に考えれば当時の女性たち＝〈読者〉の手が届かない存在であるはずの、非の打ち所のない身分・資質を備えた――というとやや語弊がある（序章に述べたとおり、彼女は父や男主人公に非難される存在でもあった）のがこの物語の「食えない」ところでもあるが――この女主人公に、〈読者〉がやすやすと感情移入できたであろう「仕掛け」がここには見て取れる。

この「仕掛け」こそ、中間と末尾に大きな欠巻部を抱えた不完全なこの物語が「古典」として現在まで生きのびた理由なのであろう（この疑問については序章でも述べた）。このような「仕掛け」を「誤読」して、「女の成長物語」あるいはより古くは「ビルドゥングス・ロマン」と称してきたのが、かつての研究史における諸論考であったのだとも言えよう。

もちろん、彼女が一世源氏の血を引く高貴な血筋であるがゆえに、彼女には起こり得ないようなシチュエーションは、ぬかりなく他の脇役の女性たちがその役割を代理的に担う存在として配されている。女主人公の世話役であり召人的存在である対の君、男主人公に女主人公と思い込まれ図らずも宮中に仕えることになった但馬の守の娘、宮の宰相中将に女主人公と間違われ盗み出される故関白の次女などである。それだけではなく、男主人公に降嫁した朱雀院女一宮も、一臣下の娘である女主人公がたどり得ない道を歩む存在として――誰憚ることのない至高の女性でありながら〈二人妻〉状況に苦しむ存在として、女主人公と対置されるにふさわしく――用意されている。

一方、天界の秘曲を伝授されるべき「国王」自体が、もしそれを聞いても理解できないと暗示されている（少なくとも冷泉帝は――次代の帝ならばあるいは石山の姫君から聞くことになる可能性が残されているのかもしれないが、それは現存本の「外部」の「可能性」でしかない――）ということは、すなわち「国王」の位が空洞化されているということになり、いわば「王権」の本質が〈女〉である寝覚の上に与えられているという「ジェンダー的ねじれ構造」が、この物語のもうひとつの重要なモチーフであることは疑いない。

〈一世源氏の子が、臣下の身分でありながら栄華を極める〉という構図において、『夜の寝覚』とは女主人公版の、裏返しの『狭衣物語』である、と言ってよい。ここにはたしかに平安後期物語の同時代性意識がうかがえる。その実態はおそらく当時の〈読者〉の多くが〈女〉であったことに由来するのであろう。ただ、その方向性が――『源氏物語』を「誤読」した方向性といってよいが――これらふたつの物語ではかたや〈女主人公〉の、かたや〈男主人公〉の「〈栄華〉の物語」という形で分岐していたのであった。さらにいえば、『狭衣物語』では男主人公・狭衣はほとんど「成長」しないが、これは〈男の一生〉をトータルに語るための「仕掛け」である必要がなかったからではないかと考えられる。狭衣大将はいわば「少年の春」に心を留めたままの「永遠の青年」なのであり、それは『夜の寝覚』のように〈女の一生〉を語る「仕掛け」を求めた読者層とは別の〈読者〉に向けて書かれた／読まれてきたことを示していると考えられる。

近年の新出資料について、欠巻部分の推定について、改作本の抱える問題について、この終章であらあら述べてきたことについてなど、論じ残したことは多いが、ここで一区切りをつけ、いずれまた別稿を期したい。

あとがき

『夜の寝覚』と出会ったのはかれこれ二十年近く前、私が北海道大学文学部（今はなき「文学科国語国文学専攻」である）の三回生であった時のことだ。在籍研究室主催の卒業論文執筆計画のプレ発表会を控えていた私はその時、研究室の本棚に並ぶ本の背表紙を何とはなしにながめていた。当時、平安時代の物語や日記と言えば『○○物語』『○○日記』というタイトルくらいしか知らなかった無知な私にとって、『夜の寝覚』というようにタイトル末尾に「〜物語」や「〜日記」の語がついていない作品は興味深く思われた。そうしてぱらぱらと小学館旧全集本のページを繰り始めたのが最初の出会いであった。私はまたたく間にこの物語に心を奪われた。

そうして私は卒業論文『夜の寝覚物語研究』を書き上げた。研究室での卒業証書授与式及び祝賀会でひとり一言コメントと今後の抱負を求められ、自分が言った言葉を今でも覚えている。その時私はたしか、こう言ったのだ。「『むら雲の中より望月のさやかなる月影を見つけたる心地する』と称される月下の姫君に、いましばらくつきあってみたいと思います」と。

その時は修士課程に進学することは決まってはいたが博士後期課程に進学することなど思いもよらず、ほんの「いましばらく」のつもりであったのに、まさかこれほど長いつきあいになるとは思ってもみなかった。

大学院修士課程に進学した私の指導教官は、小講座制から大講座制への過渡期であった事情も伴い、万葉集研究で名高い身﨑壽先生から、源氏物語研究の第一人者のお一人であった大朝雄二先生に代わった。大朝先生は「いいか、残念ながら俺たちは凡人だ。凡人はひたすら努力するしかないんだ。みんな、いい論文書けよ！」と、あるときはゼミで、あるときは研究会で、常に学生・院生たちを叱咤激励してくださった。

残念なことに大朝先生は定年退官を目前にして在職中に病で亡くなられたのだが、その時の衝撃と悲嘆、そして先生に私の論を――ほんとうにつたない論文ですら――見ていただけなかったという後悔が、今も強く私の胸に焼きついている。

その後実質的に大朝先生の後任として北海道大学に着任された後藤康文先生が、私の指導教官を引き受けてくださった。後藤先生は当時既に『狭衣物語』『伊勢物語』『堤中納言物語』などに関する数々の研究成果をあげておられた「気鋭の若手」研究者であった。

後藤先生は「若いうちからあまり慎重になりすぎないように、とにかくどんどん論文を書いたほうがいい」という方針を打ち出され、本文研究・注釈を中心とした指導をなさった。私は結婚・出産による休学・復学を経て、後藤先生のご指導の下、通算四年がかりで修士論文を書き上げ、博士後期課程一年目で二本の拙論を世に出すことができた。それがこの本の第二・三章の元になっている。

さらにその後、私は調停離婚して（初めに世に送り出した拙論二本が雑誌掲載時には「宮下」ではなく「高橋」姓となっているのは離婚以前であったためである）、まだ幼かった息子を引き取り、子育てをしながら高校・予備校・大学・カルチャーセンターの非常勤講師をかけもちして日々忙殺されることとなった。経済的な事情から休学と復学とを繰り返し、物語研究会などの特定の会に所属もせず、業績もなかなか上げられなかったが、恩師後藤先生・身﨑先生や、近世文学研究者の富田康之先生や近・現代文学研究者の中山昭彦先生に励まされ後押しされつつ、ぽつりぽつりと拙論を書きため、結局丸々十年近くかかって課程博士学位論文をなんとか書き上げることができた。この時書き上げた学位論文を「このままお蔵入りにするのはもったいない、ぜひ出版を考えるべきだ」と出版各社に話をもちかけてくださったのも後藤先生であった。ほんとうに感謝の念に堪えない。

ほかにも、近・現代文学研究者・批評家である亀井秀雄先生には基礎ゼミや講義などで強く感銘を受けた。今は亡き中世和歌研究者の近藤潤一先生には、和歌注釈の方法を一からお教えいただいた。国語学研究者の豊島正之先生には、ご専門以外にも思考法の基礎の部分でも強く感銘を受けた。他にも数え切れないほど多くの先生方から学恩を受け、またお世話にもなった。ここに感謝の意を記したい。

また、大学院在籍時より貴重な勉学の時間を共有してきた北海道の大和物語研究会の皆様方、関東・関西での発表・合評会を重ねてきた狭衣物語研究会の皆様方、北海道大学で常にともにあり学問的刺激を与え続けてくださった先輩・同期生・後輩の方々、そしてこれまで拙論を発表するごとに、時にあたたかく時に厳しくご教示くださった全ての方々に、衷心より御礼申し上げる。

最後に、本書の出版を諸事情により諦めていた私を常に力強く、厳しく、またあたたかく励まし支えてくださった、青簡舎代表の大貫祥子氏に厚く御礼申し上げる。

初出一覧

序章　（二〇〇六年度課程博士学位論文（北海道大学）「はじめに」）

第一章　『夜の寝覚』冒頭の〈解釈の空白〉をめぐって
（「国語国文研究」（北海道大学）二〇〇〇年三月、第一一五号）

第二章　「をこがまし」の系譜――『夜の寝覚』の帝試論――
（「国語国文研究」（北海道大学）一九九六年五月、第一〇三号）

第三章　『夜の寝覚』における〈帝闖入〉場面の方法――帝像の変容をめぐって――
（「国語国文研究」（北海道大学）一九九六年十一月、第一〇四号）

第四章　『夜の寝覚』論――反〈ゆかり〉・反〈形代〉の物語
（「国語国文研究」（北海道大学）一九九九年三月、第一一一号）

第五章　病と孕み、隠蔽と疎外――『夜の寝覚』を手掛かりに――
（「日本文学」（日本文学協会）二〇〇一年五月、第五十巻五号）

第六章　「恥づかし」という〈暴力〉
――『夜の寝覚』女主人公の造型と表現をめぐって――
（『講座　平安文学論究』第十八輯・風間書房、二〇〇四年五月）

第七章　「ことわり」という認識――『夜の寝覚』男主人公と『源氏物語』――
（「国語国文研究」（北海道大学）二〇〇六年一月、第一二九号）
第八章　『夜の寝覚』の男主人公をめぐって――物語史論のために――
（『「狭衣物語」が拓く言語文化の世界』翰林書房、二〇〇八年十月）
第九章　「准后」と「夢」――『夜の寝覚』女主人公の栄華と〈不幸〉――
（『平安後期物語の新研究　寝覚と浜松を考える』新典社、二〇〇九年十月）
終章　（書き下ろし）
あとがき（書き下ろし）

※序章から第九章までの各章は、いずれも大幅に加筆修正した。

宮下雅恵（みやした まさえ）
一九六八年　北海道生まれ
二〇〇六年　北海道大学大学院文学研究科
博士後期課程国文学専攻修了
学　位　博士（文学）取得
現　職　近畿大学非常勤講師

夜の寝覚論　〈奉仕〉する源氏物語

二〇一一年五月二〇日　初版第一刷発行
著　者　宮下雅恵
発行者　大貫祥子
発行所　株式会社青簡舎
〒一〇一-〇〇五一
東京都千代田区神田神保町一-二七
電　話　〇三-五二八三-二二六七
振　替　〇〇一七〇-九-四六五四五二
装　幀　水橋真奈美（ヒロ工房）
印刷・製本　モリモト印刷株式会社

ISBN978-4-903996-41-7 C3093

索　引

＊男女主人公については非常に数が多いので省略した。
＊すべての自立語を項目に立ててはいない。